Ich mag den unverzagten Schützen

Ich mag den unverzagten Schützen

Heiter-Besinnliches
über einen
unverwechselbaren
Menschen

Scherz

Zusammengestellt von
Hedwig Rottensteiner

Scherz Verlag, Bern, München, Wien
Alle Rechte an der Auswahl vorbehalten
Das Copyright der einzelnen Texte liegt bei den
im Quellennachweis genannten Inhabern.
Schutzumschlag mit Titelvignetten
von Tilman Michalski

Inhalt

Erforscher des Lebens 7

Sein Geheimnis in der Liebe 14
Ein Partner für alle Jahreszeiten

Die dunklen Seiten 17
Schützen versprechen gern zuviel

Kleines Psychogramm 21
Schützen sind geistreiche Unterhalter

Der junge Engländer – Wilhelm Hauff 23

Edle Liebe 46

Es ist ganz gewiß – Hans Christian Andersen 50

Traumpartner der Liebe 53
Der Schütze-Mann – ein zauberhafter Glücksbringer
Die Schütze-Frau verabscheut die Routine

Seine Braut – Frank O'Connor 66

Die Lesemaschine – Morris Bishop   84

Sinnlichkeit im Zeichen des Schützen   88
Die Schütze-Frau spielt gerne mit der Liebe
Der Schütze-Mann –
verliebt in einen romantischen Traum

So fängt man's an   94
Schützen lieben das Ungewöhnliche

Der schlaue Husar – Johann Peter Hebel   96

Nur keine eintönige Arbeit!   98

Das liebe Geld   100
Der Schütze mag es, wenn die Kasse stimmt

Der Schütze-Chef ist nicht zu fassen   101

Der Schütze-Angestellte strotzt vor Selbstvertrauen   107

Tschintamanin und die Vögel – Karel Čapek   111

Quellennachweis   125

Erforscher des Lebens

Der Zentaur ist eine geheimnisvolle, vielschichtige Gestalt aus der griechischen Mythologie – halb Mensch, halb Pferd –, die ihren Pfeil immer auf ein fernes Ziel hinter dem Horizont abschießt und in wildem Galopp die Verfolgung aufnimmt. Manchmal allerdings läßt sich der Zentaur von den aufregenden Dingen, die am Wege geschehen, vom Ziel ablenken, bis er eine neue Beute erblickt. Dies ist eine sehr gute Beschreibung für den Schützen, das dritte und flüchtigste der Feuerzeichen. Denn dieser pferdefüßige Bogenschütze richtet den blitzenden Pfeil seiner intuitiven Vorstellungskraft auf ein fernes Ziel in der Zukunft; und er verbringt den größten Teil seines Lebens mit der Verfolgung dieses oder jenes Pfeils. Die große Frage ist, ob er genau gezielt hat. Die nächste heißt: Kann er seinen Pfeil überhaupt wiederfinden?

Was den Schützen wirklich interessiert, ist die Erregung des Zielens und die Faszination der Verfolgung. Das ist sein Leitmotiv. Dem Schützen wohnt die feste Vorstellung inne, daß das Leben ein Abenteuer, eine Reise, eine Gralssuche ist – und der eigentliche Sport des Lebens besteht darin, die Reise so interessant, so vielseitig und so ausgedehnt zu gestalten, wie es nur möglich ist. Denn die Reise ist das Ziel.

Jupiter, der König der Götter in der griechischen Mythologie, ist der herrschende Planet des Schützen. Wir können viel über unsere Schützen-Freunde erfahren, wenn wir uns die imponierende Gestalt Jupiters etwas genauer ansehen. Vor allem anderen ist er würdevoll, edel und majestätisch. Das heißt, er ist es meistens, wenn er hof hält unter den Olympiern und die Galarolle des Götterkönigs in der Vollendung spielt. Unser Freund Jupiter ist der geborene Schauspieler. Außerdem ist er der lasterhafteste Gott des Olymp, der immer hinter etwas herjagt – meistens hinter Frauen.

Manche von Jupiter beherrschte Menschen nehmen ihr Symbol beim Wort. Das soll aber nicht heißen, daß sie von einer unersättlichen Leidenschaft getrieben werden. Die Idee treibt sie an, die Möglichkeit, etwas Neuem und Aufregendem zu begegnen; das Abenteuer, das unerforschte Rätsel, das unerreichbare Ziel, das, was sich nicht fassen läßt. Der Schütze, so scheint es, hat Jupiters Eigenschaft der Angst, etwas zu verpassen – sei es eine Frau, einen Plan, eine Idee, ein Buch, eine Schöpfung, einfach alles Neue, Unversuchte und Unerforschte. Auf einer extravertierteren Ebene wird man die Schützen überall da antreffen, wo ein neuer Club, ein neues Restaurant eröffnet wird, wo ein prämierter Film, ein spannender Workshop oder irgendeine neue Gruppe zu besichtigen ist. Dieses Verhalten wird oft mit modisch, chic oder *in* abqualifiziert. In Wirklichkeit aber geht es darum, daß der Schütze ein instinktives Gespür dafür hat, was populär sein wird, bevor alle anderen es merken. Der Schütze macht oft Mode, weil er als erster zur Stelle ist, lautstark seinen Beifall verkündet und alle anderen hinter ihm dreinrennen.

Der introvertierte Schütze wird zwar nicht gerade in der neuen Disko oder Rollschuhbahn gesehen werden, aber er wird allen anderen um Meilen voraus sein, wenn es um einen neuen Roman, eine neue Philosophie, einen neuen Film oder ein anderes kulturelles Ereignis geht. Hier ist dasselbe instinktive Gespür am Werk, nur richtet es sich mehr nach innen; darin ist der Schütze allen anderen überlegen. Immer ist es der Zentaur, der «zufällig» dem Filmregisseur über den Weg läuft, der eine Hauptrolle zu besetzen hat, dem großen Boss, der gerade eine Sekretärin sucht, oder dem Direktor, der einen Abteilungsleiter braucht. Man könnte sich die Haare raufen, wenn man sieht, wie das Glück auf das strahlende Haupt des Schützen vom Himmel zu regnen scheint. Aber es ist nicht Glück, es ist der erstaunliche Blick für günstige Gelegenheiten, der gute Riecher für noch so entfernte Möglichkeiten und Hoffnungen. Hinzu kommt noch die Schnelligkeit, die Impulsivität, die Kühnheit, die dem Schützen die Nerven gibt, etwas zu wagen, wo andere Zeichen sich bescheiden im Hintergrund halten und abwarten.

Langeweile ist der große Feind dieses schweifenden und ungestümen Zeichens. Der Schütze langweilt sich sehr schnell. Es genügt, wenn er etwas zweimal auf die gleiche Art erledigen muß, um diesen ruhelosen Zentaur hinter dem nächsten Pfeil herjagen zu lassen. *Das* hat er doch schon mal gemacht. Warum es wiederholen? Es hat keinen Sinn, ihm vom Preis steter, beständiger Mühe zu reden. Das kann man mit der Jungfrau oder dem Steinbock. Der Schütze ist daran nicht interessiert. Für ihn liegt die Begeisterung auf dem Weg zum Ziel. Er will keine Belohnung, die man in der Hand halten kann. Und wenn er sie doch einmal in der Hand haben sollte, wird er sie zweifellos in den nächsten fünf Minuten ausgegeben haben. Aber das Element der Gefahr und die Aufsässigkeit gegen gesellschaftliche Regeln sind das Herzblut des

Schützen. Vielleicht sieht er ganz konventionell aus, aber er spielt trotzdem gern mit dem Schicksal.

Der Schütze verwandelt sich ständig. Er ist der ewige Schauspieler. Er spielt leidenschaftlich gern verschiedene Rollen, je theatralischer desto besser. Zweimal im selben Kostüm gesehen zu werden, ist ihm schrecklich. Sein ruheloser Geist sucht immer neue Wege, neue Kostüme, neue Posen, neue Techniken. Wechsel, Reisen, neue geistige Anregungen, die Erforschung unbekannter Gegenden – sagen Sie dem Schützen, daß unter dem fernen Berg dort ein Schatz verborgen ist, und er wird so glücklich sein wie ein Stier, dessen Bankkonto überquillt. Ein Schütze, der gezwungen wird, sich immer im selben Kreis zu bewegen und dieselbe Routinearbeit in ewiger Monotonie zu leisten, ist die unglücklichste aller Kreaturen.

Der Schütze hat ein explosives Temperament. Bei einem Wutanfall kann er einem richtig angst machen. Ist es vorbei und der Ärger verraucht, wird er wieder jovial. Er ist nicht nachtragend. Und obwohl der Schütze in flammende Wut gerät – inklusive drohender Gesten und zerschlagenem Porzellan –, grollt er nicht lange. Kein Schütze plant noch nach zehn Jahren seine Rache wie der Skorpion oder leckt seine Wunden wie der Krebs. Er schreit, und dann ist es vorbei. Oft begreift er nicht, warum das Opfer seines Zorns und Lärms so verletzt reagiert. Schließlich hat er es doch gar nicht so schlimm gemeint. All diese groben, haarsträubenden ehrlichen Bemerkungen entsprechen doch gar nicht der Wahrheit, sie waren nur gerade so wirkungsvoll. Wenn man sich nach seinem Beschuß mit tödlichen Wortpfeilen wieder aufrappelt, wird man womöglich sehr erstaunt sein, wie schnell er wieder freundlich und ausgeglichen ist. Der Schütze ist nicht gerade für sein Einfühlungsvermögen berühmt. Haut man *ihm* eins über den Schädel, wird er keineswegs entsetzt in sich zusammensinken, sondern wahrscheinlich zurückhauen, denn das gehört eben mit zum Spiel. Wie kann man bei so großer Naivität noch wütend sein?

Wenn man ihm geschickt schmeichelt, ist der Schütze leicht zu umgarnen. Das ist eine liebenswerte Eigenschaft, wenn man nicht zufällig seine Frau ist und eine andere Dame ihm schmeichelt. Alle Feuerzeichen haben ein treues Herz, nur ist es dem Ideal treu und nicht dem physischen Erscheinungsbild mit all seinen kleinen Fehlern. Wenn man das versteht und ihn an der langen Leine führt, hat man einen Freund fürs Leben gewonnen.

Freundschaft ist übrigens für die Schützen ein Schlüsselwort. Er wird oft den geliebten Menschen als «mein Freund» bezeichnen, denn das bedeutet ihm mehr. Große Gefühlsausbrüche, vor allem tränenreiche, denen es an romantischem Glanz mangelt, verstören den Schützen. Ein großes Drama, jawohl – das veranstaltet er schließlich selbst auch –, aber Pathos kann er nicht ausstehen. Zuviel Häuslichkeit kann ihn um den Verstand bringen. Das trifft auch auf Schütze-Frauen zu. Unwandelbare häusliche Sicherheit hat nichts mit der Idee des Schützen von einem glücklichen Leben zu tun. Er braucht einen Rucksack und einen zu besteigenden Berg. Das Heim ist ganz angenehm, solange die Gartentür unverschlossen bleibt.

Worin besteht denn nun diese Gralssuche, auf die sich jeder echte Schütze begeben will? Das ist verschieden. Über die sportliche Seite dieses Zeichens ist viel geschrieben worden, aber sie ist mehr ein Seitenpfad als der Weg zum Ziel. Viele Schützen hassen Sport sogar. Und das Reisen, oft ein beliebtes Hobby der Schützen, ist eigentlich nur ein Mittel, den Horizont zu erweitern. Der reisende Schütze bucht nicht die Zwei-Wochen-Gesellschaftsreise in das riesige Hotel an der Costa del Sol und sitzt in der Sonne, um schön braun zu werden. Er braucht eine Stadt, die er erforschen kann, eine Ruine, ein Schloß, eine Bibliothek, einen Berg oder einen Ort, an dem noch keiner gewesen ist.

Im Herzen des Schützen liegt die tiefe Sehnsucht, das Leben zu erforschen und zu verstehen. Ob strenggläubig oder nicht, der Schütze ist wie der Löwe ein sehr religiöses Zeichen – das Wort Religion wird hier im ursprünglichen Sinn der «Rückbindung» gebraucht. Es bedeutet, sich rückverbinden mit der Quelle und den Wurzeln des Lebens, mit der Sinngebung. Ob als reisender Vertreter, Archäologe, Dichter oder Gelehrter, welchem Beruf er auch nachgeht, immer versucht der Schütze seinen Horizont zu erweitern und sein Bewußtsein zu vertiefen. Das Leben ist für den Schützen seltsam und interessant. Es ist etwas, womit man spielen, was man erforschen, genießen und in das man eindringen kann. Und das es zu verstehen gilt.

Der Schütze beobachtet andere genau, hat viel Sinn für Ironie und ein großes Maß an Einsicht. Die rasche Intuition der Feuerzeichen ist beim Schützen auf die Welt der Ideen gerichtet, oft mit großer Brillanz oder zumindest mit der Fähigkeit, Folgerungen zu ziehen oder Themen zu erfassen. Und kein Schütze, mag er noch so unbelesen oder schlecht ausgebildet sein, der nicht den Zusammenhang zwischen dem Lächerlichen und dem Erhabenen erkennen könnte!

Der intuitive und visionäre Schütze hat eine starke Beziehung zu allem Geheimnisvollen. Er hat ein inneres, oft unausgesprochenes Gefühl, daß das Leben sinnvoll und der Mensch göttlichen Ursprungs ist, daß hinter allen Dingen eine Absicht steckt, die man erkennen und an der man wachsen kann. Aber die Distanz zwischen seinen Visionen des Lichts und den Begrenzungen seines Menschseins ist riesig. Die Wirklichkeit des greifbaren physischen Lebens ist immer unvollkommen, immer vergiftet, wenn er sie mit den Visionen vergleicht, die er vor Augen hat. Dies ist die immerschwärende Wunde des Schützen. Er wird versuchen, der Verwundung auszuweichen, indem er sich in eine schier endlose Flucht stürzt, von einer Sensation zur nächsten hastet und zu vermeiden versucht, anzuhalten, damit er den Schmerz nicht spürt. Viele Schützen gehören zu den Menschen, die in die Wohnung kommen und sofort das Fernsehen und das Radio anstellen und noch einen Freund anrufen, nur um nicht mit ihren Gedanken allein zu sein. Der Schütze, der den Mut hat, sich seiner Vision und der Wirklichkeit seines Lebens zu stellen, ist selten; gelingt ihm dies aber, ist er wahrhaftig der geläuterte Heiler, denn er hat Mitfühlen gelernt, eine Eigenschaft, die dem naiveren oder blinden Schützen völlig fremd ist. Er kennt außerdem eines der tiefsten Geheimnisse des Lebens und des menschlichen Daseins – die Dualität von Gott und der Bestie, die wir alle in uns tragen.

Sein Geheimnis in der Liebe

Ein Partner für alle Jahreszeiten

Im Schützen wird aus Mann und Frau ein skeptischer Philosoph, ein widerwilliger Prophet, der sich über die endgültigen Antworten des Lebensrätsels unschlüssig ist. Also versucht es der Schütze mit eindringlicher Logik und verwirrender Aufrichtigkeit, um seinem Anspruch «Ich sehe» Glaubwürdigkeit zu geben.

Der Schütze spürt den verzehrenden Drang, seinen eigenen Verstand zu erforschen, und er versucht, die Geheimnisse des menschlichen Verhaltens zu entwirren. Aber ein Teil seiner Seele ist verärgert über die harten Anforderungen und sehnt sich danach, die ihn stark beanspruchende Schule des Lebens zu schwänzen. Er taucht von den Höhen überlegenen Optimismus und blinden Vertrauens in die Tiefe sarkastischen Zynismus. Zuerst leichten Sinns und lustig, dann ernsthaft, ist der Schütze der Zentaur – halb Mensch, halb Pferd – und zielt die scharfen Pfeile seiner Neugier direkt in das Schwarze des gesuchten Wissens. Die Suche des Schützen nach der Wahrheit führt seine Seele durch den Irrgarten der Religionen; er schwankt zwischen überzeugtem Atheismus und religiösem Fanatismus, bis ihm die kirchlichen Dogmen klarwerden – und er sie entweder annimmt oder ablehnt, zum Teil oder im Ganzen.

Oft ist der Schütze ausgelassen wie ein Clown, vernachlässigt dabei den Gedanken an die Zukunft sträflich. Zu anderen Zeiten wiederum denkt er auf einem solch hohen geistigen Niveau, daß seine Mitmenschen ihm nicht folgen können.

Die Schütze-Seele hat das symbolische Stadium des Ruhestands erreicht. Von dem beherrschenden Planeten Jupiter getrieben, sehnt sich der Schütze danach zu reisen, sich unter fremden Sonnen zu wärmen, andere Länder, Menschen und Ideen zu sehen und kennenzulernen. Obwohl er sich widerwillig der Notwendigkeit der Arbeit unterwirft, der Pflicht und der Verantwortung, ist er äußerst ungeduldig mit diesen unwillkommenen Einschränkungen der Realisierung seiner Träume.

Um die ständige Ruhelosigkeit seines Geistes zu verbergen, nimmt der Schütze die Pose eines Schauspielers an, die ihm ermöglicht, andere mit einer Mischung von lustigen oder tragischen Späßen zu unterhalten, während es ihm unter seiner Maske möglich ist, die Tiefe seiner Seele auszuloten. In dieser Phase hat der Schütze wenig Zeit für taktvolles Verhalten, da er eilig vorangeht, um die Antworten zu finden, bevor das «Leben» vorbei ist. Der Herbst geht seinem Ende zu, die ersten Winterstürme blasen – und das lebhafte Wettergeschehen fordert den Schützen heraus, das Schicksal zu versuchen, um zu beweisen, daß der Mensch stärker als die Natur ist.

Die positiven Eigenschaften des Schützen sind Optimismus, Offenheit, Fröhlichkeit, Logik, Ehrlichkeit, Kühnheit und Enthusiasmus. In negativer Form kommen sie zum Ausdruck durch Rücksichtslosigkeit, emotionelle Verwirrung, Sorglosigkeit, Taktlosigkeit, Heftigkeit und Unbeständigkeit.

Für den Schützen, der symbolisch das Mittelalter der Seele erreicht hat, muß die wahre Liebe jetzt entdeckt werden – oder sie ist für immer verloren. Da der Schütze einen Partner für alle Jahreszeiten sucht, ist er geblendet vom Idealismus und der Herausforderung der Liebe und daher durch ihre Realität schockiert. Seine ängstliche Suche hat ihn noch nicht dorthin geführt, wo sie sich wirklich verbirgt – in seinem eigenen Herzen.

Die dunklen Seiten

Schützen versprechen gern zuviel

Es gibt einige sehr typische Erscheinungsformen der dunklen Seite des Schützen. Der Schattenseiten-Schütze kann ganz entsetzlich mit berühmten Namen hausieren gehen und zur Anhängerschaft eines Prominenten gehören. Es gibt den literarischen Schütze-Anhänger, der Bestseller-Autor X. sehr gut kennt und stets bei ihm absteigt. Der esoterische Schütze-Anhänger ist eng mit dem Guru Y. befreundet und weiß alles über dessen Sexualleben. Der politische Schütze-Anhänger ißt mit den Helmuts dieser Welt zu Abend. Es gibt sogar den wissenschaftlichen, den juristischen oder medizinischen Schütze-Anhänger. Kurz gesagt: Der Schattenseiten-Schütze ist gern dort, wo die Dinge geschehen, und unter den Leuten, die die Dinge geschehen machen; und irgendwie, dank seiner fabelhaften Spürnase, gelingt es ihm auch, im richtigen Restaurant zur rechten Zeit zu sein und die richtige Person zu treffen. Eine der Gaben des Schützen ist seine Fähigkeit, Kontakte zu knüpfen und Möglichkeiten zu erfassen. Diese Gabe nützt der Schatten aus, wenn der Schütze Menschen auswählt und sie wieder fallenläßt, weil sie ihm nicht nützlich sind.

Dieses Phänomen der Anhängerschaft kann man in jedem Beruf beobachten, bei dem es um Ruhm, Glanz, Farbigkeit und Sensationen geht. Die wirklich begabten Anhänger, denen es gelingt, daraus eine eigene Karriere zu starten, sind üblicherweise Schützen.

Der Schatten des Schützen hört immer zuerst von einem neuen Club, einem neuen Restaurant oder einer neuen Kneipe, die bei den interessanten Leuten Mode geworden ist. Er wird immer zuerst die neueste Platte kaufen, das Buch lesen und den Film sehen. Und wie er dann darüber redet! Es gehört mit zum Spaß, daß man die Chance hat, allen Freunden mit nicht so guten Verbindungen zu erzählen, wie es sich in jener Götterwelt lebt, zu der sie keinen Zugang haben, weil ihnen eben das gewisse Etwas fehlt. Mit Unbekannten und Leuten, die nichts Bedeutendes vorhaben, wird diese Sorte Schütze nicht umgehen. Auch für die auf dem absteigenden Ast wird er immer weniger Zeit haben. Er nützt schamlos, dafür aber sehr charmant aus, daß man ihm oft auf den Leim geht; irgendwie schafft er es, daß man sich armselig und uninteressant vorkommt, wenn man nicht die Orte und die Menschen kennt, von denen er spricht.

Es gibt noch eine andere Variante der Schattenseite des Schützen: das Vielversprechen, ein bekannter Wesenszug des Schützen. Er hängt mit seiner Neigung zusammen, sich zu sehr ins Zeug zu legen. Der Vielversprecher verspricht einfach. Er verspricht, Ihnen Geld zu leihen, wenn Sie es brauchen; er verspricht, daß Sie seine Wohnung haben können, wenn er verreist ist; er verspricht Ihnen Hilfe bei der Wohnungssuche; er verspricht, Ihre Wohnung zu streichen, Ihren Garten umzugraben und Sie auf eine Reise nach Indien mitzunehmen. Er wird Sie am Samstag, noch heute nachmittag oder nächste Woche anrufen. Er gibt eine Einladung, kauft ein neues Auto – nehmen Sie, was Sie wollen, er wird es versprechen. Und all diese materiellen, emotionellen und geistigen Versprechen wird er nie und nimmer halten können, weil er sie im Augenblick wilder Begeisterung gegeben hat, um sich selbst zu überzeugen und andere zu beeindrukken. Die Wirklichkeit sieht anders aus. Üblicherweise muß man zweimal auf den Vielversprecher hereingefallen sein, ehe man ihn durchschaut. Danach wird man ihm nie mehr glauben. In dem Augenblick läßt er einen fallen und sucht sich ein angenehmeres Opfer.

Verspricht man *ihm* jedoch etwas, kann man ganz sicher sein, daß er zur festgesetzten Zeit auftaucht, um das Versprechen einzufordern. Und er reagiert sehr sauer, wenn es gerade in dem Moment nicht erfüllt werden kann. Ein typisches Gebiet, auf dem der Vielversprecher seine Schattenseite zeigt, ist die Geldfrage. Im allgemeinen bietet er es großzügig an – nur nicht, wenn man es braucht. Denn dann ist er gerade selbst völlig pleite. Um gerecht zu sein: Viele Schützen sind so freigebig und großzügig, wie man sie sich nur wünschen kann, aber ihre Schattenseite ist es nicht. Die ist ausgesprochen geizig. Sie hört sich nur so großzügig an – und genau das ist das Talent des Vielversprechers: er hört sich so gut an. Der Schütze hat manchmal eine seltsame unbewußte, miese Art – «unbewußt», weil die wahre Schütze-Persönlichkeit großherzig, extravagant, generös und völlig unberührt von materiellen Einschränkungen ist. Es geht wiederum um diese elende dunkle Seite, die andere Vorstellungen hat. Sie raubt dem Schützen seine natürliche Vornehmheit und sein großes Herz und entwickelt statt dessen eine raffinierte Geschäftemacherei, gegen die jeder Steinbock naiv wirkt.

Die Wurzel der dunklen Seite des Schützen liegt in seiner Schwierigkeit, sich den Grenzen der Realität anzupassen. Der Bogenschütze, der in der Welt kein Selbstvertrauen hat, der sich vor dem Versagen fürchtet, der in sich nicht genügend Reife oder Disziplin hat, an etwas festzuhalten und es zu vollenden, fällt oft seinem Schatten in die Hände, weil es so viel leichter ist, das Streben anderer auszunützen. Im Grunde ist das gar keine Schlechtigkeit, sondern nur Angst. Der Schütze fürchtet sich oft davor, sich der faßbaren Welt zu überantworten, denn dann stünde er nicht nur der Begrenzung der Materie gegenüber, sondern auch der Tatsache, daß sein Genie möglicherweise nicht so grenzenlos und kosmisch ist, wie er es glauben möchte. Jupiter, der Herrscher der Götter und beherrschende Planet der Schützen, ist eine ausschweifende Gottheit, die keine Einengung ertragen kann. Für Jupiter mag das gut und schön sein, denn er ist ein Gott und kann damit durchkommen. Der sterbliche Schütze kann das nicht. Zugegeben, er kommt mit mehr durch als fast jedes andere Zeichen, weil er seinem Glück vertraut und optimistisch ist; und weil er an das Leben glaubt, behandelt das Leben ihn oft gut. Aber er ist kein Gott. Es ist hart für ihn, sich mit seiner Sterblichkeit und seinem gewöhnlichen Menschsein abzufinden. Darum wird er zum Anhänger, nimmt die Errungenschaften anderer stellvertretend als die seinen an, ohne selbst etwas zu wagen, oder er wird zum Vielversprecher, der es verzweifelt nötig hat, reich, erfolgreich und wichtig zu scheinen, weil er sich selbst so fühlen kann, wenn andere ihn so sehen. Es ist, als beobachte man ein Kind, das einen Kaiser spielt. Der Schütze kann herumstolzieren und verzweifelt versuchen, seine Phantasie auszuleben. Aber erst wenn er sich selbst erlaubt, der begabte, phantasievolle, kosmische, intelligente und ruhelose Erforscher des Lebens zu sein, der er in Wirklichkeit auch ist, kann er sich um seiner selbst und nicht um seiner Phantasie willen lieben lassen.

Kleines Psychogramm

Schützen sind geistreiche Unterhalter

Die Schütze-Geborenen sind sehr gesprächig, sie sind kraftvoll, großzügig, jovial, ehrlich und ernst. Das macht sie in der Gesellschaft beliebt. Man unterhält sich gern mit ihnen. Sie reden schnell, offen und begeistert. Wenn sie sich für etwas erwärmen, fühlen sie sich oft «inspiriert». Neue Erkenntnisse durchfluten ihren Geist, von denen sie bis zu diesem Augenblick nichts geahnt haben.

Der Schütze spricht gern über Sport, Reisen, Öffentlichkeitsarbeit und Literatur. Seine wirkliche Liebe aber gehört dem Gespräch über Religion, Philosophie, Metaphysik und die Höhere Weisheit. Darüber kann er sich stundenlang verbreiten, ohne ein Ende zu finden, ganz gleich, ob ihm jemand zuhört oder nicht. Als positiv eingestellter Typ kann der Schütze leicht seine Umgebung aus den Augen verlieren und sich von der eigenen Begeisterung hinreißen lassen. Das ist gefährlich, denn zuviel von einer guten Sache ist genau so schlecht wie zuwenig.

Dem Schützen ist anzuraten, langsamer zu sprechen und seine Antworten gut zu überlegen. Sein Geist arbeitet schneller als der der meisten anderen. Er sollte ihnen die Möglichkeit lassen, mit ihm Schritt zu halten. Auch sollte er sich vor allzuviel Engagement hüten. Er schießt nicht absichtlich über das Ziel hinaus. Vielmehr reißt ihn die Großartigkeit seiner Visionen und Ideen fort.

Enthusiastisch, heiter und optimistisch gestalte man das Gespräch mit einem Schütze-Menschen. Er mag nicht mit kleinen Einzelheiten gelangweilt werden. Von der persönlichen Meinung brauchen ihm nur die großen Umrisse dargelegt zu werden. Einzelheiten kann man getrost seiner Phantasie überlassen. Um mit einem Schützen richtig ins Gespräch zu kommen, muß man seine Intuition und seinen Drang wecken, immer neue psychische und physische Einblicke zu gewinnen. Um dieses Ziel zu erreichen, darf der Gesprächspartner bei diesem Stadium der Unterhaltung sogar ein wenig übertreiben.

Genau wie beim Zwilling kann man die Konversation beliebig von Thema zu Thema schweifen lassen. Für den Schützen ist diese Art des Gesprächsverlaufs vollkommen normal. Auf Gesellschaften spricht man mit ihm am besten über Religion, Philosophie, Reisen und Geschäfte. Auf alle diese Themen wird der Schütze begeistert eingehen.

Wilhelm Hauff

Der junge Engländer

Im südlichen Teil von Deutschland liegt das Städtchen Grünwiesel, wo ich geboren und erzogen bin. Es ist ein Städtchen, wie sie alle sind. In der Mitte ein kleiner Marktplatz mit einem Brunnen, an der Seite ein kleines, altes Rathaus, umher auf dem Markt die Häuser des Richters und der angesehensten Kaufleute, und in ein paar engen Straßen wohnen die übrigen Menschen. Alles kennt sich, jedermann weiß, wie es da und dort zugeht, und wenn der Oberpfarrer und der Bürgermeister oder der Arzt ein Gericht mehr auf der Tafel haben, so weiß es gleich nach dem Mittagessen die ganze Stadt. Nachmittags kommen dann die Frauen zueinander in die Visite, wie man es nennt, besprechen sich bei starkem Kaffee und süßem Kuchen über diese große Begebenheit, und der Schluß ist, daß der Oberpfarrer wahrscheinlich in der Lotterie gesetzt und unchristlich viel gewonnen habe, daß der Bürgermeister sich «schmieren» lasse oder daß der Doktor vom Apotheker einige Goldstücke bekommen habe, um recht teure Rezepte zu verschreiben. Ihr könnt euch denken, wie unangenehm es für eine so wohleingerichtete Stadt wie Grünwiesel sein mußte, als ein Mann dorthin zog, von dem niemand wußte, woher er kam, was er wollte, wovon er lebte. Der Bürgermeister hatte zwar seinen Paß gesehen, ein Papier, das bei uns jedermann

haben muß, den Paß untersucht und in einer Kaffeege-
sellschaft bei Doktors geäußert, der Paß sei zwar ganz
richtig visiert von Berlin bis Grünwiesel, aber es stecke
doch was dahinter, denn der Mann sehe etwas verdächtig
aus. Der Bürgermeister hatte das größte Ansehen in der
Stadt, kein Wunder, daß von da an der Fremde als eine
verdächtige Person angesehen wurde. Und sein Lebens-
wandel konnte meine Landsleute nicht von dieser Meinung abbringen. Der fremde Mann mietete sich für einige Goldstücke ein ganzes Haus, das bisher öde gestanden, ließ einen ganzen Wagen voll sonderbaren Gerät-
schaften, als Öfen, Kunstherde, große Tiegel und dergleichen, hineinschaffen und lebte von da an ganz für sich
allein. Ja, er kochte sich sogar selbst, und es kam keine
menschliche Seele in sein Haus als ein alter Mann aus
Grünwiesel, der ihm seine Einkäufe in Brot, Fleisch und
Gemüse besorgen mußte. Doch auch dieser durfte nur in
den Flur des Hauses kommen, und dort nahm der fremde
Mann das Gekaufte in Empfang.

I

Ich war ein Knabe von zehn Jahren, als der Fremde in
meiner Vaterstadt einzog, und ich kann mich noch heute,
als wäre es gestern geschehen, der Unruhe erinnern, die
dieser Mann im Städtchen verursachte. Er kam nachmittags nicht wie andere Männer auf die Kegelbahn, er kam
abends nicht ins Wirtshaus, um wie die übrigen bei einer
Pfeife Tabak über die Zeitung zu sprechen. Vergebens lu-
den ihn nach der Reihe der Bürgermeister, der Richter,
der Doktor und der Oberpfarrer zum Essen oder Kaffee
ein, er ließ sich immer entschuldigen. Daher hielten ihn
einige für verrückt, andere für einen Juden, eine dritte

Partei behauptete steif und fest, er sei ein Zauberer oder Hexenmeister. Ich wurde achtzehn, zwanzig Jahre alt, und noch immer hieß der Mann in der Stadt der «fremde Herr».

Es begab sich nun eines Tages, daß Leute mit fremden Tieren in die Stadt kamen. Es ist dies hergelaufenes Gesindel, das ein Kamel hat, welches sich verbeugen kann, einen Bären, der tanzt, einige Hunde und Affen, die in menschlichen Kleidern komisch genug aussehen und allerlei Künste machen. Diese Leute durchziehen gewöhnlich die Stadt, halten an den Kreuzstraßen und Plätzen, machen mit einer kleinen Trommel und einer Pfeife eine übeltönende Musik, lassen ihre Truppe tanzen und springen und sammeln dann in den Häusern Geld ein. Die Truppe aber, die sich diesmal in Grünwiesel sehen ließ, zeichnete sich durch einen Orang-Utan aus, der beinahe Menschengröße hatte, auf zwei Beinen ging und allerlei artige Künste zu machen verstand. Diese Hunds- und Affenkomödie kam auch vor das Haus des fremden Herrn. Er erschien, als die Trommel und Pfeife ertönte, von Anfang an unwillig hinter den dunklen, vom Alter angelaufenen Fenstern. Bald aber wurde er freundlicher, schaute zu jedermanns Verwunderung zum Fenster hinaus und lachte herzlich über die Künste des Orang-Utans. Ja, er gab für den Spaß ein so großes Silberstück, daß die ganze Stadt davon sprach.

Am anderen Morgen zog die Tierbande weiter. Das Kamel mußte viele Körbe tragen, in denen die Hunde und Affen ganz bequem saßen, die Tiertreiber aber und der große Affe gingen hinter dem Kamel. Kaum aber waren sie einige Stunden zum Tore hinaus, so schickte der fremde Herr auf die Post, verlangte zu großer Verwunderung des Postmeisters einen Wagen und Extrapost und fuhr zu demselben Tor hinaus den Weg hin, den die Tiere genommen hatten. Das ganze Städtchen ärgerte sich, daß man nicht erfahren konnte, wohin er gereist sei. Es war schon Nacht, als der fremde Herr wieder im Wagen vor dem Tor ankam. Es saß aber noch eine Person im Wagen, die den Hut tief ins Gesicht gedrückt und um Mund und Ohren ein seidenes Tuch gebunden hatte. Der Torschreiber hielt es für seine Pflicht, den andern Fremden anzureden und um seinen Paß zu bitten; er antwortete aber sehr grob, indem er in einer ganz unverständlichen Sprache brummte.

«Es ist mein Neffe», sagte der fremde Herr freundlich zum Torschreiber, «er versteht bis dato noch wenig Deutsch. Er hat soeben in seiner Mundart ein wenig geflucht, daß wir hier aufgehalten werden.»

«Ei, wenn es Dero Neffe ist», antwortete der Torschreiber, «so kann er wohl ohne Paß hereinkommen. Er wird ohne Zweifel bei Ihnen wohnen?»

«Allerdings», sagte der Fremde, «und hält sich wahrscheinlich längere Zeit hier auf.»

Der Torschreiber hatte keine weitere Einwendung mehr, und der fremde Herr und sein Neffe fuhren ins Städtchen. Der Bürgermeister und die ganze Stadt waren übrigens nicht sehr zufrieden mit dem Torschreiber. Er hätte doch wenigstens einige Worte von der Sprache des Neffen sich merken sollen. Daraus hätte man dann leicht erfahren, was für ein Landeskind er und der Onkel seien. Der Torschreiber versicherte aber, daß es weder Französisch noch Italienisch sei, wohl aber habe es so breit geklungen wie Englisch, und wenn er nicht irre, so habe der junge Herr gesagt: «Goddam!» So half der Torschreiber sich selbst aus der Not und dem jungen Mann zu einem Namen. Denn man sprach jetzt nur von dem «jungen Engländer» im Städtchen.

II

Auch der junge Engländer wurde nicht sichtbar, weder auf der Kegelbahn noch im Bierkeller; wohl aber gab er den Leuten auf andere Weise viel zu schaffen. Es gingen nämlich oft von dem so stillen Hause des Fremden ein schreckliches Geschrei und ein Lärm aus, so daß die Leute haufenweise vor dem Hause stehenblieben und hinaufsahen. Man sah den jungen Engländer, angetan mit einem roten Frack und grünen Beinkleidern, mit struppigem Haar und schrecklicher Miene unglaublich schnell an den Fenstern hin und her durch alle Zimmer laufen. Der Fremde lief ihm in einem roten Schlafrock, eine Hetzpeitsche in der Hand, nach, verfehlte ihn oft, aber einige Male kam es doch der Menge auf der Straße vor, als müsse er den Jungen erreicht haben; denn man hörte klägliche Angsttöne und klatschende Peitschenhiebe. An dieser grausamen Behandlung des fremden jungen Mannes nahmen die Frauen des Städtchens so lebhaften Anteil, daß sie endlich den Bürgermeister bewogen, einen Schritt in der Sache zu tun. Er schrieb dem fremden Herrn einen Brief, worin er ihm die unglimpfliche Behandlung seines Neffen in ziemlich derben Ausdrücken vorwarf und ihm drohte, wenn noch ferner solche Szenen vorfielen, den jungen Mann unter seinen besonderen Schutz zu nehmen.

Wie erstaunt war der Bürgermeister, als er den Fremden selbst, zum erstenmal seit zehn Jahren, bei sich eintreten sah! Der alte Herr entschuldigte sein Verfahren mit dem besonderen Auftrag der Eltern des Jünglings, ihn zu erziehen. Er sei sonst ein kluger, anstelliger Junge, aber die Sprachen erlerne er sehr schwer; er wünsche so sehnlich, seinem Neffen das Deutsche recht geläufig beizubringen, um sich nachher die Freiheit zu nehmen, ihn in die Gesellschaft von Grünwiesel einzuführen, und dennoch gehe ihm diese Sache so schwer ein, daß man oft nichts Besseres tun könne, als ihn gehörig durchzupeitschen. Der Bürgermeister fand sich durch diese Mitteilung völlig befriedigt, riet dem Alten zur Mäßigung und erzählte abends im Bierkeller, daß er selten einen so unterrichteten, artigen Mann gefunden habe wie den Fremden. «Es ist nur schade», setzte er hinzu, «daß er so wenig in Gesellschaft kommt; doch ich denke, wenn der Neffe nur erst ein wenig Deutsch spricht, besucht er uns öfter.»

Durch diesen einzigen Vorfall war die Meinung des Städtchens völlig umgeändert. Man hielt den Fremden für einen höflichen Mann, sehnte sich nach seiner näheren Bekanntschaft und fand es ganz in Ordnung, wenn hier und da in dem öden Hause ein gräßliches Geschrei losging. «Er gibt dem Neffen Unterricht in der deutschen Sprache», sagten die Grünwieseler und blieben nicht mehr stehen.

Nach einem Vierteljahr ungefähr schien der Unterricht im Deutschen beendigt, denn der Alte ging jetzt um eine Stufe weiter vor. Es lebte ein alter gebrechlicher Franzose in der Stadt, der den jungen Leuten Unterricht im Tanzen gab; diesen ließ der Fremde zu sich rufen und sagte ihm, daß er seinen Neffen unterrichten lassen wolle. Er gab ihm zu verstehen, daß der Junge zwar sehr gelehrig, aber, was das Tanzen betreffe, etwas eigensinnig sei; er habe nämlich früher bei einem anderen Meister tanzen gelernt, und zwar nach sonderbaren Regeln, daß er sich nicht füglich in der Gesellschaft zeigen könne; der Neffe halte sich aber eben deswegen für einen großen Tänzer, obgleich sein Tanz nicht die entfernteste Ähnlichkeit mit Walzer oder Schottisch, nicht einmal mit Galopp habe. Er versprach übrigens einen

Taler für die Stunde, und der Tanzmeister war mit Vergnügen bereit, den Unterricht des eigensinnigen Zöglings zu übernehmen.

Es gab, wie der Franzose unter der Hand versicherte, auf der Welt nichts so Sonderbares wie diese Tanzstunden. Der Neffe, ein ziemlich großer, schlanker junger Mann, der nur auffallend kurze Beine hatte, erschien in einem roten Frack, schön frisiert, in grünen weiten Beinkleidern und Handschuhen. Er sprach wenig und mit fremdem Klang, war von Anfang an ziemlich artig und anstellig; dann verfiel er aber oft plötzlich in fratzenhafte Sprünge, tanzte die kühnsten Figuren, wobei er Sprünge machte, daß dem Tanzmeister Hören und Sehen verging; wollte dieser ihn zurechtweisen, so zog er die zierlichen Tanzschuhe von den Füßen, warf sie dem Franzosen an den Kopf und setzte nun auf allen vieren im Zimmer umher. Bei diesem Lärm fuhr dann der alte Herr plötzlich in einem weiten, roten Schlafrock aus einem Zimmer heraus und ließ die Hetzpeitsche ziemlich unsanft auf den Rükken des Neffen niederfallen. Der Neffe fing an, schrecklich zu heulen, sprang auf Tische und hohe Kommoden, ja selbst an den Kreuzstöcken der Fenster hinauf und sprach eine fremde, seltsame Sprache. Der Alte im roten Schlafrock aber ließ sich nicht irremachen, faßte ihn am Bein, riß ihn herab, bläute ihn durch und zog ihm mittels einer Schnalle die Halsbinde fester an, worauf er immer wieder artig und manierlich wurde und die Tanzstunde ohne Störung weiterging.

Als aber der Tanzmeister seinen Zögling so weit gebracht hatte, daß man Musik zu der Stunde nehmen konnte, da war der Neffe wie umgewandelt. Ein Stadtmusikant wurde gemietet, der sich im Saal des öden Hauses auf einen Tisch setzen mußte. Der Tanzmeister stellte dann die Dame vor, indem ihn der alte Herr einen Frauenrock von Seide und einen ostindischen Schal anziehen ließ; der Neffe forderte ihn auf und fing nun an, mit ihm zu tanzen, bis er ermattet umsank oder bis dem Stadtmusikus der Arm lahm wurde an der Geige. Den Tanzmeister brachten diese Unterrichtsstunden beinahe unter den Boden, aber der Taler, den er jedesmal richtig ausgezahlt bekam, der gute Wein, mit dem der Alte aufwartete, machten, daß er immer wiederkam, wenn er auch den Tag zuvor sich fest vorgenommen hatte, nicht mehr in das öde Haus zu gehen.

III

Die Leute in Grünwiesel sahen aber die Sache ganz anders als der Franzose. Sie fanden, daß der junge Mann viel Anlage zum Gesellschaftlichen habe, und die Frauenzimmer im Städtchen freuten sich bei dem große Mangel an Herrn, einen so flinken Tänzer für den Winter zu bekommen.

Eines Morgens berichteten die Mägde, die vom Markt heimkehrten, ihren Herrschaften ein wunderbares Ereignis. Vor dem öden Hause sei ein prächtiger Glaswagen gestanden, mit schönen Pferden bespannt, und ein Bedienter in reicher Livrée haben den Schlag gehalten. Da sei die Tür des öden Hauses aufgegangen, und zwei schön gekleidete Herren seien herausgetreten, wovon der eine der alte Fremde und der andere wahrscheinlich der junge Herr gewesen, der so schwer Deutsch gelernt habe und so rasend tanzte. Die beiden seien in den Wagen gestiegen, der Bediente hinten aufs Brett gesprungen, und der Wagen – man stelle sich vor! – sei geradewegs auf des Bürgermeisters Haus zugefahren.

Als die Frauen das von ihren Mägden erzählen hörten,

rissen sie eilends die Küchenschürzen und die etwas unsauberen Hauben ab und warfen sich in Staat. «Es ist nichts gewisser», sagten sie zu ihrer Familie, indem alles umherrannte, um das Besuchszimmer, das zugleich sonstigem Gebrauch diente, aufzuräumen, «als daß der Fremde jetzt seinen Neffen in die Welt einführt. Der alte Narr war seit zehn Jahren nicht so artig, einen Fuß in unser Haus zu setzen, aber es sei ihm wegen des Neffen verziehen, der ein reizender Mensch sein soll.» So sprachen sie und ermahnten ihre Söhne und Töchter, recht manierlich auszusehen, wenn die Fremden kämen, sich geradezuhalten und sich auch einer besseren Aussprache zu bedienen als gewöhnlich. Und die klugen Frauen im Städtchen hatten nicht unrecht geraten, denn nach der Reihe fuhr der alte Herr mit seinem Neffen umher, sich und ihn in die Gewogenheit der Familien zu empfehlen.

Man war überall ganz erfüllt von den beiden Fremden und bedauerte, nicht schon früher diese angenehme Bekanntschaft gemacht zu haben. Der alte Herr zeigte sich als würdiger, sehr vernünftiger Mann, der zwar bei allem, was er sagte, ein wenig lächelte, so daß man nicht gewiß war, ob es ihm ernst sei oder nicht, aber er sprach über das Wetter, über die Gegend, über das Sommervergnügen auf dem Keller am Berg so klug und so durchdacht, daß jedermann davon bezaubert war. Aber der Neffe! Er bezauberte alles, er gewann alle Herzen für sich. Man konnte zwar, was sein Äußeres betraf, sein Gesicht nicht schön nennen; der untere Teil, besonders die Kinnlade, stand allzusehr hervor, und der Teint war sehr bräunlich, auch machte er zuweilen allerlei sonderbare Grimassen, drückte die Augen zu, fletschte die Zähne, aber dennoch fand man den Schnitt seiner Züge ungemein interessant. Es konnte nichts Beweglicheres, Gewandteres geben als seine Gestalt. Die Kleider hingen ihm zwar etwas sonder-

bar am Leib, aber es stand ihm alles trefflich; er fuhr mit
großer Lebendigkeit im Zimmer umher, warf sich hier auf
ein Sofa, dort in den Lehnstuhl und streckte die Beine von
sich; aber was man bei einem andern jungen Mann
höchst gemein und unschicklich gefunden hätte, galt bei
dem Neffen für Genialität. «Er ist ein Engländer», sagte
man, «so sind sie alle; ein Engländer kann sich aufs Kanapee legen und einschlafen, während zehn Damen keinen
Platz haben und umherstehen müssen, einem Engländer
kann man so etwas nicht übelnehmen.» Gegen den alten
Herrn, seinen Oheim, war er sehr fügsam; denn wenn er
anfing, im Zimmer umherzuhüpfen, oder, wie er gerne tat,
die Füße auf den Sessel hinaufzuziehen, so reichte ein
ernsthafter Blick hin, ihn zur Ordnung zu bringen. Und
wie konnte man ihm so etwas übelnehmen, als vollends
der Onkel in jedem Haus zu der Dame sagte: «Mein
Neffe ist noch ein wenig roh und ungebildet, aber ich verspreche mir viel von der Gesellschaft; die wird ihn gehörig formen und bilden, und ich empfehle ihn namentlich
Ihnen aufs angelegentlichste.»

IV

So war der Neffe also eingeführt, und ganz Grünwiesel
sprach an diesem und den folgenden Tagen von nichts
anderem als von diesem Ereignis. Der alte Herr blieb
aber dabei nicht stehen; er schien seine Denk- und Lebensart gänzlich geändert zu haben. Nachmittags ging er
mit dem Neffen hinaus in den Felsenkeller am Berg, wo
die vornehmeren Herren von Grünwiesel Bier tranken
und sich am Kegelschieben ergötzten. Der Neffe zeigte
sich dort als ein flinker Meister im Spiel, denn er warf nie
unter fünf oder sechs. Hier und da schien zwar ein son-

derbarer Geist über ihn zu kommen; es konnte ihm einfallen, daß er pfeilschnell mit der Kugel hinaus- und unter die Kegel hineinfuhr und dort allerhand tollen Unfug anrichtete; oder wenn er den Kranz oder den König geworfen, stand er plötzlich auf seinem schön frisierten Haar und streckte die Beine in die Höhe; oder wenn ein Wagen vorbeifuhr, saß er, ehe man sich dessen versah, oben auf dem Kutschenschimmel und machte Grimassen herab, fuhr ein Stückchen weit mit und kam dann wieder zur Gesellschaft gesprungen.

Der alte Herr pflegte dann bei solchen Szenen den Bürgermeister und die anderen Männer sehr um Entschuldigung zu bitten wegen der Ungezogenheit seines Neffen. Sie aber lachten, schrieben es seiner Jugend zu, behaupteten, in diesem Alter selbst so leichtfüßig gewesen zu sein, und hielten den jungen Springinsfeld, wie sie ihn nannten, ungemein hoch.

Es gab aber auch Zeiten, wo sie sich nicht wenig über ihn ärgerten und dennoch nichts zu sagen wagten, weil der junge Engländer allgemein als Muster von Bildung und Verstand galt. Der alte Herr pflegte nämlich mit seinem Neffen auch abends in den *Goldenen Hirsch,* das Wirtshaus des Städtchens, zu kommen. Obgleich der Neffe noch ein ganz junger Mensch war, tat er doch schon wie ein Alter, setzte sich hinter sein Glas, tat eine ungeheure Brille auf, zog eine gewaltige Pfeife heraus, zündete sie an und dampfte unter allen am ärgsten. Wurde nun über Zeitungen, über Krieg und Frieden gesprochen, gab der Doktor *die* Meinung, der Bürgermeister *jene,* waren die anderen Herren ganz erstaunt über so tiefe politische Kenntnisse, so konnte es dem Neffen plötzlich einfallen, ganz anderer Meinung zu sein; er schlug dann mit der Hand, von der er nie die Handschuhe ablegte, auf den Tisch und gab dem Bürgermeister und dem Doktor zu verstehen, daß sie von diesem allen nichts genau wüßten, daß er diese Sachen ganz anders gehört habe und tiefere Einsicht besitze. Er gab dann in einem sonderbar gebrochenen Deutsch seine Meinung preis, die alle zum großen Ärgernis des Bürgermeisters ganz trefflich fanden, denn er mußte als Engländer natürlich alles besser wissen.

Setzten sich dann der Bürgermeister und der Doktor in ihrem Zorn, den sie nicht laut werden lassen durften, zu einer Partie Schach, so rückte der Neffe hinzu, schaute dem Bürgermeister mit seiner großen Brille über die Schulter herein und tadelte diesen oder jenen Zug, sagte dem Doktor, so und so müsse er ziehen, so daß beide Männer heimlich ganz grimmig wurden. Bot ihm dann der Bürgermeister ärgerlich eine Partie an, um ihn gehörig matt zu machen, so schnallte der alte Herr dem Neffen die Halsbinde fester zu, worauf dieser ganz artig und manierlich wurde und den Bürgermeister matt machte ...

V

So kam der Neffe des fremden Herrn in kurzer Zeit bei Stadt und Umgegend in ungemeines Ansehen. Man konnte sich seit Menschengedenken nicht erinnern, einen jungen Mann dieser Art in Grünwiesel gekannt zu haben, und es war die sonderbarste Erscheinung, die man je bemerkt hatte. Man konnte nicht sagen, daß der Neffe irgend etwas gelernt hätte, als etwa tanzen. Latein und Griechisch waren ihm, wie man zu sagen pflegt, böhmische Dörfer. Bei einem Gesellschaftsspiel in Bürgermeisters Haus sollte er etwas schreiben, und es fand sich, daß er nicht einmal seinen Namen schreiben konnte; in der Geographie machte er die auffallendsten Schnitzer, denn es kam ihm nicht darauf an, eine deutsche Stadt nach Frankreich oder eine dänische nach Polen zu versetzen; er hatte nichts gelesen, nichts studiert, und der Oberpfarrer schüttelte bedenklich den Kopf über die rohe Unwissenheit des jungen Mannes; aber dennoch fand man alles trefflich, was er tat oder sagte, denn er war so unverschämt, immer recht haben zu wollen, und das Ende jeder seiner Reden war: «Ich verstehe das besser!»

So kam der Winter heran, und jetzt trat der Neffe noch großartiger auf. Man fand jede Gesellschaft langweilig, in der er nicht zugegen war, man gähnte, wenn ein vernünftiger Mann etwas sagte; wenn aber der Neffe selbst das törichteste Zeug in schlechtem Deutsch vorbrachte, war alles Ohr. Es fand sich jetzt, daß der treffliche junge Mann auch ein Dichter war, denn nicht leicht verging ein Abend, an dem er nicht einiges Papier aus der Tasche zog und der Gesellschaft einige Sonette vorlas. Es gab zwar einige Leute, die von dem einen Teil dieser Dichtungen behaupteten, sie seien schlecht und ohne Sinn, einen anderen Teil wollten sie schon irgendwo gedruckt gelesen haben; aber der Neffe ließ sich nicht irremachen, er las und las, machte dann auf die Schönheiten seiner Verse aufmerksam, und jedesmal erfolgte ein rauschender Beifall.

VI

Sein Triumph waren die Grünwieseler Bälle. Es konnte niemand anhaltender, schneller tanzen als er, keiner machte so kühne und ungemein zierliche Sprünge wie er. Dabei kleidete ihn sein Onkel immer aufs prächtigste nach dem neuesten Geschmack, und obgleich ihm die Kleider nicht recht am Leib sitzen wollten, fand man doch, daß ihn dies allerliebst kleide. Die Männer fanden sich zwar bei diesen Tänzen etwas beleidigt durch die neue Art, in der er auftrat. Sonst hatte immer der Bürgermeister in eigener Person den Ball eröffnet, die vornehmsten jungen Leute hatten das Recht, die übrigen Tänze anzuordnen, aber seit der fremde junge Herr erschien, war dies alles ganz anders. Ohne viel zu fragen, nahm er die nächste beste Dame bei der Hand, stellte sich mit ihr obenan, machte alles, wie es ihm gefiel, und war Herr und Meister und Ballkönig. Weil aber die Frauen diese Manieren ganz trefflich und angenehm fanden, so durften die Männer nichts dagegen einwenden, und der Neffe blieb bei seiner selbstgewählten Würde.

Das größte Vergnügen schien ein solcher Ball dem alten Herrn zu gewähren; er wandte kein Auge von seinem Neffen, lächelte immer in sich hinein, und weil alle Welt herbeiströmte, um ihm über den anständigen, wohlerzogenen Jüngling Lobsprüche zu erteilen, so konnte er sich vor Freude nicht fassen, er brach dann in ein lustiges Gelächter aus und bezeigte sich wie närrisch. Die Grünwieseler schrieben diese sonderbaren Ausbrüche der Freude seiner großen Liebe zu dem Neffen zu und fanden sie ganz in Ordnung. Doch hier und da mußte er auch sein väterliches Ansehen gegen den Neffen anwenden, denn mitten in den zierlichsten Tänzen konnte es dem jungen Mann einfallen, mit einem kühnen Sprung auf die Tribüne, wo die Stadtmusikanten saßen, zu setzen, dem Organisten den Kontrabaß aus der Hand zu reißen und schrecklich darauf herumzukratzen, oder er wechselte auf einmal und tanzte auf den Händen, indem er die Beine in die Höhe streckte. Dann pflegte ihn der Onkel auf die Seite zu nehmen, machte ihm ernstliche Vorwürfe und zog ihm die Halsbinde fester an, daß er wieder ganz gesittet wurde.

So betrug sich nun der Neffe in Gesellschaft und auf

Bällen. Wie es aber mit den Sitten zu geschehen pflegt: die schlechten verbreiten sich immer leichter als die guten, und eine neue auffallende Mode, wenn sie auch höchst lächerlich sein sollte, hatte etwas Ansteckendes an sich für junge Leute, die noch nicht über sich selbst und die Welt nachgedacht haben. So war es auch in Grünwiesel mit dem Neffen und seinen sonderbaren Sitten. Als nämlich die junge Welt sah, wie er mit seinem linkischen Wesen, mit seinem rohen Lachen und Schwatzen, mit seinen groben Antworten gegen Ältere eher geschätzt als getadelt werde, daß man dies alles sogar sehr geistreich finde, so dachten sie bei sich: Es ist mir ein leichtes, auch solch ein geistreicher Schlingel zu werden. Sie waren sonst fleißige, geschickte junge Leute gewesen, jetzt dachten sie: Zu was hilft Gelehrsamkeit, wenn man mit Unwissenheit besser fortkommt? Sie ließen die Bücher liegen und trieben sich überall umher auf Plätzen und Straßen. Sonst waren sie artig gewesen und höflich gegen jedermann, hatten gewartet, bis man sie fragte, und anständig und bescheiden geantwortet; jetzt standen sie in den Reihen der Männer, schwatzten mit, gaben ihre Meinung preis und lachten selbst dem Bürgermeister unter die Nase, wenn er etwas sagte, und behaupteten, alles viel besser zu wissen.

Sonst hatten die jungen Grünwieseler Abscheu gehegt gegen rohes und gemeines Wesen. Jetzt sangen sie allerlei schlechte Lieder, rauchten aus ungeheuern Pfeifen Tabak und trieben sich in gemeinen Kneipen umher; auch kauften sie sich, obgleich sie ganz gut sahen, große Brillen, setzten sie auf die Nase und glaubten nun gemachte Leute zu sein, denn sie sahen ja aus wie der berühmte Neffe. Zu Hause, oder wenn sie auf Besuch waren, lagen sie mit Stiefeln und Sporen auf dem Kanapee, schaukelten sich auf dem Stuhl in guter Gesellschaft oder stützten die Wangen in beide Fäuste, die Ellbogen aber auf den Tisch, was nun überaus reizend anzusehen war. Vergebens sagten ihnen ihre Mütter und Freunde, wie töricht, wie unschicklich dies alles sei, sie beriefen sich auf das glänzende Beispiel des Neffen. Vergehens stellte man ihnen vor, daß man dem Neffen, als einem jungen Engländer, eine gewisse Nationalroheit verzeihen müsse; die jungen Grünwieseler behaupteten, ebensogut wie der beste Engländer das Recht zu haben, auf geistreiche Weise ungezogen zu sein; kurz, es war ein Jammer, wie durch das böse Beispiel des Neffen die Sitten und guten Gewohnheiten in Grünwiesel völlig untergingen.

VII

Aber die Freude der jungen Leute an ihrem rohen, ungebundenen Leben dauerte nicht lange, denn folgender Vorfall veränderte auf einmal die ganze Szene. Die Wintervergnügungen sollte ein großes Konzert beschließen, das teils von den Stadtmusikanten, teils von geschickten Musikfreunden in Grünwiesel aufgeführt werden sollte. Der Bürgermeister spielte das Violoncello, der Doktor das Fagott vorzüglich, der Apotheker, obgleich er keinen rechten Ansatz hatte, blies die Flöte, einige Jungfrauen aus Grünwiesel hatten Arien einstudiert, und alles war trefflich vorbereitet. Da äußerte der alte Fremde, daß zwar das Konzert auf diese Art herrlich werden würde, es fehle aber offenbar an einem Duett, und ein Duett müsse in jedem ordentlichen Konzert notwendigerweise vorkommen. Man war etwas betreten über diese Äußerung; die Tochter des Bürgermeisters sang zwar wie eine Nachtigall, aber wo einen Herrn herbekommen, der mit ihr ein Duett singen könnte? Man wollte endlich auf den alten

Organisten verfallen, der einst einen trefflichen Baß gesungen hatte; der Fremde aber behauptete, dies alles sei nicht nötig, denn sein Neffe singe ganz ausgezeichnet. Man war nicht wenig erstaunt über diese neue Eigenschaft des jungen Mannes, er mußte zur Probe etwas singen und einige sonderbare Manieren abgerechnet, die man für englisch hielt, sang er wie ein Engel. Man studierte also in der Eile das Duett ein, und der Abend erschien endlich, an dem die Ohren der Grünwieseler durch das Konzert erquickt werden sollten.

Der alte Fremde konnte leider dem Triumph seines Neffen nicht beiwohnen, weil er krank war, er gab aber dem Bürgermeister, der ihn eine Stunde zuvor noch besucht, einige Maßregeln über seinen Neffen auf. «Es ist eine gute Seele, mein Neffe», sagte er, «aber hier und da verfällt er in allerlei sonderbare Gedanken und fängt tolles Zeug an. Es ist mir eben deswegen leid, daß ich dem Konzert nicht beiwohnen kann, denn vor mir nimmt er sich gewaltig in acht, weiß wohl warum! Ich muß übrigens zu seiner Ehre sagen, daß dies nicht geistiger Mutwille ist, sondern es ist körperlich, es liegt in seiner ganzen Natur. Wollten Sie nun, Herr Bürgermeister, wenn er etwa in solche Gedanken verfiele, daß er sich auf ein Notenpult setzte oder daß er durchaus den Kontrabaß streichen wollte oder dergleichen, wollten Sie ihm dann nur seine hohe Halsbinde etwas lockerer machen oder, wenn es auch dann nicht besser wird, sie ihm ganz abnehmen. Sie werden sehen, wie artig und manierlich er dann wird.»

Der Bürgermeister dankte dem Kranken für sein Zutrauen und versprach, im Fall der Not zu tun, wie er ihm geraten hatte.

VIII

Der Konzertsaal war gedrängt voll, denn ganz Grünwiesel und die Umgegend hatte sich eingefunden. Alle Jäger, Pfarrer, Amtleute, Landwirte und dergleichen aus dem Umkreis von drei Stunden waren mit zahlreicher Familie herbeigeströmt, um den seltenen Genuß mit den Grünwieselern zu teilen. Die Stadtmusikanten hielten sich vortrefflich, nach ihnen trat der Bürgermeister auf, der das Violoncello spielte, begleitet vom Apotheker, der die Flöte blies; nach diesen sang der Organist eine Baßarie mit allgemeinem Beifall, und auch der Doktor wurde nicht wenig beklatscht, als er auf dem Fagott sich hören ließ.

Die erste Abteilung des Konzertes war vorbei, und jedermann war nun auf die zweite gespannt, in welcher der junge Fremde mit des Bürgermeisters Tochter ein Duett vortragen sollte. Der Neffe war in einem glänzenden Anzug erschienen und hatte schon längst die Aufmerksamkeit aller Anwesenden auf sich gezogen. Er hatte sich nämlich, ohne viel zu fragen, in den prächtigen Lehnstuhl gelegt, der für eine Gräfin aus der Nachbarschaft hergesetzt worden war, streckte die Beine weit von sich und schaute jedermann durch ein ungeheures Perspektiv an, das er noch außer seiner großen Brille gebrauchte, und spielte mit einem großen Fleischerhund, den er trotz des Verbotes, Hunde mitzunehmen, in die Gesellschaft eingeführt hatte. Die Gräfin, für die man den Lehnstuhl bereitgestellt hatte, erschien, aber wer keine Miene machte, aufzustehen und ihr den Platz einzuräumen, war der Neffe; er setzte sich im Gegenteil noch bequemer hinein, und niemand wagte es, dem jungen Mann etwas darüber zu sagen. Die vornehme Dame aber mußte auf dem ganz gemeinen Strohsessel mitten unter den übrigen Frauen des

Städtchens sitzen und soll sich nicht wenig geärgert haben.

Während des herrlichen Spieles des Bürgermeisters, während des Organisten trefflicher Baßarie, ja sogar während der Doktor auf dem Fagott phantasierte und alles den Atem anhielt und lauschte, ließ der Neffe den Hund das Schnupftuch apportieren oder schwatzte ganz laut mit seinem Nachbarn, so daß jeder, der ihn nicht kannte, über die absonderlichen Sitten des jungen Herrn sich wunderte.

Kein Wunder daher, daß alles sehr begierig war, wie er sein Duett vortragen würde. Die zweite Abteilung begann; die Stadtmusikanten hatten etwas Weniges aufgespielt, und nun trat der Bürgermeister mit seiner Tochter zu dem jungen Mann, überreichte ihm ein Notenblatt und sprach: «Mosjöh! Wäre es Ihnen jetzt gefällig, das Duetto zu singen?» Der junge Mann lachte, fletschte mit den Zähnen, sprang auf, die beiden andern folgten ihm an das Notenpult, und die ganze Gesellschaft war voll Erwartung. Der Organist schlug den Takt und winkte dem Neffen, anzufangen. Dieser schaute durch seine großen Brillengläser in die Noten und stieß greuliche, jämmerliche Töne aus. Der Organist aber schrie ihm zu: «Zwei Töne tiefer, Wertester, C müssen Sie singen, C!»

Statt aber C zu singen, zog der Neffe einen seiner Schuhe ab und warf ihn dem Organisten an den Kopf, daß der Puder weit umherflog. Als dies der Bürgermeister sah, dachte er: Ha! Jetzt hat er wieder seine körperlichen Anfälle, sprang hinzu, packte ihn am Hals und band ihm das Tuch etwas loser; aber dadurch wurde es nur noch schlimmer mit dem jungen Mann. Er sprach nicht mehr Deutsch, sondern eine ganz sonderbare Sprache, die niemand verstand, und machte große Sprünge.

IX

Der Bürgermeister war in Verzweiflung über diese unangenehme Störung, er faßte daher den Entschluß, dem jungen Mann, dem etwas ganz Besonderes zugestoßen sein mußte, das Halstuch vollends abzulösen. Aber kaum hatte er dies getan, so blieb er vor Schrecken wie erstarrt stehen. Denn statt menschlicher Haut und Farbe umgab den Hals des jungen Mannes ein dunkelbraunes Fell, und alsbald setzte der Jüngling auch seine Sprünge noch höher und sonderbarer fort, fuhr sich mit den glacierten Handschuhen in die Haare, zog diese ab und, o Wunder! diese schönen Haare waren eine Perücke, die er dem Bürgermeister ins Gesicht warf, und sein Kopf erschien jetzt mit demselben braunen Fell bewachsen.

Er setzte über Tisch und Bänke, warf die Notenpulte um, zertrat Geige und Klarinette und gebärdete sich wie ein Rasender.

«Fangt ihn, fangt ihn!» rief der Bürgermeister ganz außer sich. «Er ist von Sinnen, fangt ihn!»

Das war aber eine schwierige Sache. Denn er hatte die Handschuhe abgezogen und zeigte die Nägel an den Händen, mit denen er den Leuten ins Gesicht fuhr und sie jämmerlich kratzte.

Endlich gelang es einem mutigen Jäger, seiner habhaft zu werden. Er preßte ihm die langen Arme zusammen, daß er nur noch mit den Füßen zappelte und mit heiserer Stimme lachte und schrie.

Die Leute sammelten sich und betrachteten den sonderbaren jungen Herrn, der jetzt gar nicht mehr aussah wie ein Mensch.

Aber ein gelehrter Herr aus der Nachbarschaft, der ein großes Naturalienkabinett und allerlei ausgestopfte Tiere besaß, trat näher, betrachtete ihn genau und rief dann voll Verwunderung: «Mein Gott, wie bringen Sie nur dies Tier in ehrbare Gesellschaft? Das ist ja ein Affe, ein Homo troglodytes linnaei. Ich gebe sechs Taler für ihn, wenn Sie mir ihn ablassen, und bälge ihn aus für mein Kabinett.»

Wer beschreibt das Erstaunen der Grünwieseler, als sie dies hörten. «Was, ein Affe, ein Orang-Utan in unserer Gesellschaft? Der junge Fremde ein ganz gewöhnlicher Affe?» riefen sie und sahen einander ganz stumm vor Verwunderung an. Man wollte nicht glauben, man traute seinen Ohren nicht, die Männer untersuchten das Tier genauer, aber es war und blieb ein ganz natürlicher Affe.

«Aber wie ist das möglich!» rief die Frau Bürgermeister. «Hat er mir nicht oft seine Gedichte vorgelesen? Hat er nicht, wie ein anderer Mensch, bei mir zu Mittag gespeist?»

«Was?» eiferte die Frau Doktorin. «Wie? Hat er nicht oft und viel den Kaffee bei mir getrunken und mit meinem Mann gelehrt gesprochen und geraucht?»

«Wie, ist es möglich?» riefen die Männer. «Hat er nicht mit uns im Felsenkeller Kegel geschoben und über Politik gestritten wie unsereiner?»

«Und wie?» klagten sie alle. «Hat er nicht sogar vorgetanzt auf unsern Bällen? Ein Affe, ein Affe? Es ist ein Wunder, es ist Zauberei!»

«Ja, es ist Zauberei und teuflischer Spuk», sagte der Bürgermeister, indem er das Halstuch des Neffen oder Affen herbeibrachte. «Seht! In diesem Tuch steckte der ganze Zauber, der ihn in unsern Augen liebenswürdig machte. Da ist ein breiter Streifen elastischen Pergaments, mit allerlei wunderlichen Zeichen beschrieben. Ich glaube gar, es ist Lateinisch; kann es niemand lesen?»

Der Oberpfarrer, ein gelehrter Mann, der oft an den Affen eine Partie Schach verloren hatte, trat hinzu, betrachtete das Pergament und sprach: «Mitnichten, es sind nur lateinische Buchstaben; es heißt:

Der Affe gar possierlich ist
zumal wenn er vom Apfel frisst

Ja, ja, es ist ein höllischer Betrug, eine Art von Zauberei», fuhr er fort, «und es muß exemplarisch bestraft werden.»

Der Bürgermeister war derselben Meinung und machte sich sogleich auf den Weg zu dem Fremden, der ein Zauberer sein mußte, und sechs Soldaten trugen den Affen, denn der Fremde sollte sogleich ins Verhör genommen werden.

Sie kamen, umgeben von einer ungeheuren Anzahl Menschen, an das öde Haus. Denn jedermann wollte sehen, wie sich die Sache weiter begeben würde.

Man pochte an das Haus, man zog die Glocke, doch vergeblich, es wollte sich niemand zeigen.

Da ließ der Bürgermeister in seiner Wut die Tür einschlagen und begab sich in die Zimmer des Fremden.

Dort war nichts zu sehen als allerlei alter Hausrat. Der fremde Mann war nicht zu finden.

Auf seinem Arbeitstisch aber lag ein großer versiegelter Brief, an den Bürgermeister geschrieben, den dieser auch sogleich öffnete. Er las:

Meine lieben Grünwieseler!

Wenn Ihr dies lest, bin ich nicht mehr in Eurem Städtchen, und Ihr werdet dann längst erfahren haben, wes Standes und Vaterlandes mein lieber «Neffe» ist. Nehmet den Scherz, den ich mir mit Euch erlaubte, als eine gute Lehre auf, einen Fremden, der für sich leben will, nicht in

Eure Gesellschaft zu nötigen. Ich selbst fühlte mich zu gut, um Euer ewiges Klatschen, um Eure schlechten Sitten und Euer lächerliches Wesen zu teilen. Darum erzog ich einen jungen Orang-Utan, den Ihr als meinen Stellvertreter so liebgewonnen habt. Lebet wohl und benützet diese Lehre nach Kräften!

Die Grünwieseler schämten sich nicht wenig vor dem ganzen Land. Ihr Trost war, daß dies alles mit unnatürlichen Dingen zugegangen sei. Am meisten schämten sich aber die jungen Leute in Grünwiesel, weil sie die schlechten Gewohnheiten des Affen nachgeahmt hatten. Sie stemmten von jetzt an keinen Ellbogen mehr auf, sie schaukelten nicht mit dem Sessel, sie schwiegen, bis sie gefragt wurden, sie legten die Brillen ab und waren artig und gesittet wie zuvor, und wenn je einer wieder in solche schlechte, lächerliche Sitten verfiel, so sagten die Grünwieseler: «Er ist ein Affe.»

Der Affe aber, der so lange die Rolle eines jungen Herrn gespielt hatte, wurde dem gelehrten Mann, der eine naturgeschichtliche Sammlung besaß, überantwortet. Der ließ ihn im Hofe herumgehen, fütterte ihn und zeigte ihn jedem Fremden als Seltenheit.

Edle Liebe

Die Liebesglut des Schützen hat nichts vom Blitzstrahl des Widders noch von der königlichen Leuchtkraft des Löwen. Sie glimmt unter der Asche: eine innere, verhaltene Glut.

Bei dem in sich gekehrten Schützen sind Liebe und Geist ein Ganzes. Liebe wird zum Antrieb des Geistes: im geliebten Wesen Gott zu lieben. Sie wird zu einer moralischen Kraft, welche die edelsten Tugenden aufleuchten läßt. Aber selbst wenn die Liebe nur ein heftiger Fieberwahn ist, so trägt sie doch in sich eine Größe, die die Seele erhebt. Dieser Schütze kann nur auf eine vom Geist mitbestimmte Art lieben. Im Durchschnitt beschränken sich seine Gefühle auf eine aufrichtige, warme Zuneigung, auf großzügige, ja überbordende Güte. Doch nicht selten wird sein Liebesgefühl so sehr geläutert, daß es beinahe einer mystischen Vereinigung gleichkommt.

Auch für den nach außen gekehrten Schützen bedeutet die Liebe ein Mittel, die Grenzen zu sprengen: eine feuerwerkartige Erregtheit, ein taumelnder Liebesrausch, empfunden als Wagnis, als Sport, als Abenteuer. Der Gesellschaft, die ihm entgegentritt, bietet er die Stirn. Er ist nur noch Feuer und Flamme, Liebe und Welt stehen im Einklang, er wird eins mit der Natur in dem Erlebnis mit dem geliebten Wesen. Er ist der Ritter, der seiner Herzensdame den Lorbeer zu Füßen legt, aber auch der abenteuerlustige Don Juan mit seinen fragwürdigen Heldentaten.

Bei einem durchschnittlichen *Schütze-Mann* nimmt auch die Liebe biederen Charakter an. Ein Jovier legt vor allem Wert auf seine Familie und seine eigene, kleine Welt. Um Heim, Frau und Kinder dreht sich sein Leben. Er braucht eine reife, gesunde und gelöste Frau, eine Frau, die den Haushalt gut besorgt, Gäste empfängt und die Kinder gut erzieht. Er selbst ist meistens ein wohlmeinender, großzügiger und beschützender Ehemann: der pater familias; aber auch er braucht viel Lebensraum, um seine kraftvolle Männlichkeit zu entfalten. Er kann aus dem ehrsamen Eheleben ausbrechen, doch er verliert sich nicht und bleibt seinem Heim, das ihm immer am Herzen liegt, treu. Er bleibt der menschliche, fröhliche Liebende, der Vertrauen einflößt und Freude bringt und dessen gemäßigte Leidenschaft sich in ein friedliches Leben fügt.

Ist der männliche Schütze vielseitig und rastlos von Natur aus, dann brechen wilde Leidenschaften durch. Als ein feurig-idealistisch Liebender schließt er mit seinen Leidenschaften keinen Kompromiß. Er nimmt weder innere Zweifel noch äußere Abkühlung hin; er hat das Gebaren eines Edelmanns: seine Liebe ist von bezwingender Noblesse. Er verwirklicht sie in einem gemeinsamen Ideal, in Wissenschaft, Kunst oder Religion (wie etwa Beethoven oder Berlioz).

Aber das Feuer, das in diesem Schützen brennt, kann auch einen aufsässigen Charakter annehmen. Seine Liebe wird zu offener Auflehnung, sobald er Widerstand fühlt: in Familie, Gesellschaft, Religion. Er bäumt sich auf, überschreitet die Grenzen der guten Sitten und wird zügellos. Nichts hält ihn dann von seinem Liebesprotest mehr zurück.

Die *Schütze-Frau* kann in vielerlei Gestalt auftreten, von der großen Hetäre bis zur Schutzherrin, vom Mannweib bis zur weiblichsten Gattin. Auch hier erkennen wir zwei gegensätzliche Typen.

Die eine Schütze-Frau ist von würdevoller, tugendhafter Weiblichkeit. Sie liebt das geordnete Leben, die bürgerlich-ruhige Liebe, ein geregeltes Dasein und einen angesehenen Gatten mit gutem Ruf. Sie schätzt gute Manieren und unterwirft sich den Regeln des Anstands. Sie achtet ihren Mann und möchte in ihm den Mustergatten sehen. Sie ist duldsam, nachsichtig und weitherzig. Aber sie erträgt es nicht, von ihm betrogen zu werden, sie verabscheut den Skandal. Sie träumt von Wohlhabenheit, großem Haus, schöner Bibliothek, geräumigem Salon und auserwähltem Bekanntenkreis. Sie braucht Komfort und verlangt Achtung. Sie ist eine vorzügliche Erzieherin. Solange man sie schätzt, fühlt sie sich glücklich. Dieses ideale Leben aber birgt eine Gefahr. Wohlstand, geistig unbewegliche innere Sicherheit, Liebe ohne göttlichen Hauch können zu Spießbürgerlichkeit entarten.

Die Schütze-Frau, die mehr dem zwiespältigen Typ angehört, ist in Jugendjahren ein halber Knabe; sie behält etwas davon, wenn sie erwachsen ist. Eines der besten Beispiele ist zweifellos Königin Christine von Schweden. Dieser Frauentyp will spielen, etwas wagen, dem Leben trotzen und gefährliche Streiche aushecken. Für sie zählt vor allem der Rausch des Abenteuers, der Reiz eines wildbewegten Lebens, der Genuß der Unabhängigkeit. Sie will ihre Freiheit nicht einer dauernden Verbindung opfern und bleibt so lange wie möglich unverheiratet. Sie entschließt sich erst zur Ehe, wenn sie den Gefährten findet, den das gleiche innere Feuer verzehrt, der den Drang nach Abenteuer und den Durst nach dem Unbekannten mit ihr teilt. Es kümmert sie wenig, wenn ihre Verbindung von der Familie nicht gutgeheißen wird. Aber die Ehe ist nur glücklich, wenn beide Partner ihre gegenseitige Freiheit achten. Ihr Leben ist nicht frei von Unbeständigkeit. Für sie ist die Liebe ein Abenteuerroman.

Die größten Konflikte, die einem Schützen in seinem Liebesleben begegnen, sind sozialer oder weltanschaulicher Natur. Er will das allzu Ferne umfassen; er heiratet zum Beispiel jemanden, der nicht seinem Stand entspricht oder einer anderen Religion angehört. Nichts ist seiner Verbindung abträglicher als Widerstände, die aus der Erziehung, aus der geistigen Entwicklung, aus moralischen Grundsätzen oder Glaubensauffassungen herrühren. Auch lockt ihn oft die Verbindung mit einem ausländischen Partner. So gibt es Anpassungsschwierigkeiten, die zu überwinden sind. Oder er idealisiert die Liebe und stellt das geliebte Wesen auf ein Piedestal, oder er selbst wird unzugänglich. Das Problem heißt: Traum und Wirklichkeit zu verbinden. Wenn die Liebe des Schützen nicht brav-bürgerlich ist, so geht sie einen weiten, klippenreichen Weg.

Hans Christian Andersen

Es ist ganz gewiß

«Das ist eine entsetzliche Geschichte», sagte eine Henne, und zwar auf der anderen Seite der Stadt, wo die Geschichte passiert war. «Das ist eine entsetzliche Geschichte im Hühnerhause! Ich kann heut nacht nicht allein schlafen! Es ist gut, daß unserer viele auf der Stiege zusammensitzen!» Und nun erzählte sie, so daß die Federn der anderen Hühner sich hoben und der Hahn den Kamm fallen ließ. Es ist ganz gewiß!

Aber wir wollen mit dem Anfang beginnen, und der trug sich in einem Hühnerhof auf der anderen Seite der Stadt zu. Die Sonne ging unter, und die Hühner flogen auf ihre Stiege; eine Henne legte die vorgeschriebenen Eier und war als Henne in jeder Art und Weise respektabel; indem sie auf die Stiege flog, zupfte sie sich mit dem Schnabel, und eine kleine Feder fiel ihr aus.

«Da geht sie hin», sagte sie, «je mehr ich rupfe, um so schöner werde ich!» Und sie sagte es heiter, denn sie war der muntere Sinn unter den Hühnern, übrigens, wie gesagt, sehr respektabel; und darauf schlief sie ein.

Dunkel war es ringsumher, Henne saß bei Henne, aber die, welche bei der heiteren am nächsten saß, schlief nicht; sie hörte und hörte auch nicht, wie es ja in dieser Welt sein soll, um in guter Ruhe zu leben; aber ihrer anderen Nachbarin mußte sie es doch sagen: «Hörtest du, was hier gesagt wurde? Ich nenne keinen, aber hier ist eine Henne, welche sich rupfen will, um gut auszusehen! Wäre ich ein Hahn, ich würde sie verachten!»

Und gerade oben über den Hühnern saß die Eule mit dem Eulenvater und ihren Eulenkindern; die Familie hatte scharfe Ohren, sie alle hörten jedes Wort, welches die Nachbarhenne sagte; und sie rollten mit den Augen, und die Eulenmutter schlug mit den Flügeln und sprach: «Hört nur nicht auf! Aber ihr hörtet wohl schon, was dort gesagt wurde? Ich hörte es mit meinen eigenen Ohren, und man muß viel hören, ehe sie einem abfallen! Da ist eine Henne, welche in solchem Grade vergessen hat, was sich für eine Henne schickt, daß sie sich alle Federn ausrupft und es den Hahn sehen läßt!»

«*Prenez garde aux enfants*», sagte der Eulenvater, «das ist nichts für Kinder.»

«Ich will es doch der Nachbareule erzählen; das ist eine sehr achtbare Eule im Umgang», und darauf flog sie fort.

«Hu, hu! uhuh!» heulten sie beide in den Taubenschlag des Nachbars zu den Tauben hinein. «Habt ihr's gehört? Habt ihr's gehört? Uhuh! Eine Henne ist da, welche sich des Hahns wegen alle Federn ausgerupft hat; sie wird erfrieren, wenn sie nicht schon erfroren ist. Uhuh!»

«Wo? Wo?» girrten die Tauben.

«Im Hofe des Nachbars! Ich habe es so gut wie selbst gesehen! Es ist beinahe unpassend, die Geschichte zu erzählen – aber es ist ganz gewiß!»

«Glaubt, glaubt jedes einzelne Wort», sagten die Tauben und girrten in ihren Hühnerhof hinunter: «Eine Henne ist da, ja einige sagen, daß ihrer zwei da sind, welche sich alle Federn ausgerupft haben, um nicht so wie die anderen auszusehen und die Aufmerksamkeit des Hahns zu erregen. Das ist ein gewagtes Spiel, man kann sich erkälten und an Fieber sterben, und sie sind beide gestorben!»

«Wacht auf! Wacht auf!» krähte der Hahn und flog auf die Planke; der Schlaf saß ihm noch in den Augen, aber er krähte dennoch: «Drei Hennen sind vor unglücklicher Liebe zu einem Hahn gestorben! Sie haben sich alle Federn ausgerupft! Das ist eine häßliche Geschichte! Ich will sie nicht für mich behalten, sie mag weitergehen!» – «Laßt sie weitergehen!» pfiffen die Fledermäuse, und die Hühner gluckten, und die Hähne krähten: «Laßt sie weitergehen, laßt sie weitergehen!» Und so ging die Geschichte von Hühnerhaus zu Hühnerhaus und kam zuletzt an die Stelle zurück, von welcher sie eigentlich ausgegangen war.

«Fünf Hühner», hieß es, «haben sich alle Federn ausgerupft, um zu zeigen, welches von ihnen aus Liebesgram für den Hahn am magersten geworden sei – und dann hackten sie sich gegenseitig blutig und stürzten tot nieder, zum Spott und zur Schande ihrer Familie und zum großen Schaden des Besitzers!»

Und die Henne, welche die lose kleine Feder verloren hatte, kannte natürlich ihre eigene Geschichte nicht wieder, und da sie eine respektable Henne war, so sagte sie: «Ich verachte jene Hühner, aber es gibt mehrere der Art! So etwas soll man nicht verschweigen, und ich werde das Meinige dazu tun, daß die Geschichte in die Zeitung kommt, dann verbreitet sie sich über das ganze Land; und das haben die Hühner verdient und ihre Familie auch.»

Es kam in die Zeitung, es wurde gedruckt, und es ist ganz gewiß: eine kleine Feder kann wohl zu fünf Hühnern werden!

Traumpartner der Liebe

Der Schütze-Mann –
ein zauberhafter Glücksbringer

Beherrscht von Jupiter, dem Planeten des Glücks, scheint dem Schützen oft mehr als der ihm eigentlich zustehende Anteil an Glück zuzufallen.

Wenn Sie einen Schütze-Traumpartner einfangen wollen, dürfen Sie eines nie vergessen: Dieser Mann braucht das Gefühl, frei zu sein. Auch wenn er der unproblematischste Hans im Glück zu sein scheint, ist er doch in Sekundenschnelle auf und davon, wenn er auch nur den Anflug eines unsichtbaren Stricks um den Hals zu spüren glaubt.

Der Schütze ist der ewige Optimist, ein besonders positives und selbstbewußtes Sternzeichen. Er hat viel Humor, und das weiß er auch. Leider bildet er sich aber auch ein, über alles und jedes Bescheid zu wissen, und mag es überhaupt nicht, wenn man ihn verbessert. Obwohl er nicht so halsstarrig ist wie der Widder oder so dominant wie der Löwe, kann man auch ihn sogleich als Feuerzeichen erkennen. Stets bewahrt er sich sein sonniges Gemüt, selbst wenn meterhoch Schnee liegt oder aus einem tristen, grauen Himmel der Regen herniederrauscht.

Wenn Sie sich von einem Mann angezogen fühlen, der über viel Humor und ein jungenhaftes Lächeln verfügt, Sie schon nach wenigen Minuten der Bekanntschaft behandelt, als würde er Sie schon seit langem kennen, begeistert von seinen Hobbys und sportlichen Aktivitäten erzählt und Sie seinen Freunden vorstellen will, handelt es sich wahrscheinlich um einen Schützen. Und wenn er Sie zum Lachen bringt wie noch keiner vor ihm, können Sie eigentlich sicher sein. Woody Allen, Sammy Davis junior, Jonathan King und Billy Conolly sind in diesem extravertierten Sternzeichen geboren.

Das Sternzeichen eines Schütze-Mannes dürfte wirklich unschwer zu erraten sein. Nicht daß er ununterbrochen Witze zum Totlachen erzählen oder Humor und Charme versprühen, oder daß jeder Schütze-Mann über unversiegbare Quellen der Energie verfügen würde, selbst wenn er gerade stundenlang seinem Lieblingssport gefrönt hat. Nein, Sie spüren einfach instinktiv, daß Sie sich mit diesem Mann entspannt vergnügen können und nie von einem besitzergreifenden, eifersüchtigen Liebhaber eingesperrt werden. Wenn auch Sie Ihre Freiheit lieben, ist das geradezu ein Geschenk des Himmels.

Sie fühlen sich so vertraut, als hätten Sie ihn schon immer gekannt. Sein jungenhafter Charme, seine offene und ehrliche Art gefallen Ihnen – so lange, bis er Ihnen mitteilt, daß ihm Ihr Kleid nicht gefällt oder daß Sie Ihr Make-up zu dick aufgetragen haben. Ja, auch daran können Sie ihn gut erkennen. Er sagt seine Meinung immer sehr frei heraus. Mit dem Ausdruck «taktlos» ließe er sich wohl treffend beschreiben, doch müßte er je feststellen, daß er Sie mit seiner offenen Art (ernstlich) verletzt, wäre er entsetzt. Er hat nämlich mitnichten eine böswillige Ader, es sei denn, jemand verdiene ein paar gezielte Hiebe (aber selbst dann fällt es ihm sehr schwer). Dennoch können seine humorvollen und witzigen Bemerkungen einen Stachel enthalten, den Sie normalerweise eher mit dem ihm vorangehenden Sternzeichen, dem Skorpion, in Verbindung bringen.

Wenn also der Mann, den Sie gerade kennengelernt haben und der Sie interessiert, der Mittelpunkt und die Seele der Party zu sein scheint, optimistisch und abenteuerlustig ist, ein bißchen der Spielertyp, der Sie aber – manchmal höchst unangebracht – darüber zu belehren versucht, was Sie im Leben anders machen sollten, obwohl er Sie kaum kennt, können Sie ihn getrost direkt fragen, ob er Schütze sei.

Das Symbol des Schützen ist der Bogen. Sicher ist Ihnen schon aufgefallen, daß der Schütze seine Pfeile treffsicher ins Ziel lenkt. Es gelingt ihm, sich in den Mittelpunkt zu stellen und seinen Zuhörern die schönsten Abenteuergeschichten zu erzählen. Es gelingt ihm, sein Publikum mit Leichtigkeit zu fesseln. Die Leute hängen förmlich an seinen Lippen, so unterhaltsam erzählt er. Und auch dies weiß er nur zu genau.

Der Schütze-Mann redet zwar sehr viel, hört aber nur ungern zu, wenn er etwas für langweilig hält. Er ist nicht ganz so ruhelos wie der Zwillinge-Mann, aber nicht viel weniger. Wenn Sie sich seine Aufmerksamkeit erhalten möchten, müssen Sie sich ordentlich ins Zeug legen.

Der Schütze-Mann hält sich gern im Freien auf. Viele Schützen treiben ausgiebig Sport. Falls Ihr Schütze-Traumpartner eine Ausnahme ist, muß das an der planetarischen Konstellation zum Zeitpunkt seiner Geburt liegen, denn ich habe selten einen Schützen kennengelernt, der lieber in einem Buch schmökert, als sich körperlich auszutoben – außer im Fernsehen wird Sport übertragen.

Fällt es Ihnen trotz alledem schwer, das Sternzeichen des faszinierenden Mannes, den Sie vor kurzem kennengelernt haben, zu erraten, und fürchten Sie, er werde Sie nur verspotten, wenn Sie nach seinem Geburtstag fragen, könnte Ihnen seine Arbeit einen Hinweis geben. Schützen sind mit Vorliebe Philosophen, Anwälte, Lehrer,

Sportveranstalter, Politiker, Übersetzer, Autoren und Reiseveranstalter.

Wenn Ihr Schütze-Traumpartner in keines dieser Berufsbilder paßt, sollten Sie sich zusätzlich seine Kleidung ansehen. Der Schütze-Mann trägt gern legere, bequeme Kleidung. In Hemd, Krawatte und Nadelstreifenanzug fühlt er sich nicht besonders wohl, obwohl er so etwas aus beruflichen Gründen oft tragen muß. Er mag lieber Jeans und Sweatshirt. Modebewußt ist er nicht gerade, und er macht sich auch nichts aus Markenzeichen. Er kauft am liebsten, was bequem ist.

Der Schütze-Traumpartner ist von ganz besonderer Art. Er heitert Ihr Leben auf und bringt das Flair von Abenteuer hinein, das er von Natur aus hat. Er liebt alles Aufregende, ist aber leider auch ein geborener Spieler. Ja, das Leben selbst ist für ihn nichts als ein ewiges Spiel. Er nimmt Risiken auf sich wie kein anderer, da er weiß, daß er unter einem glücklichen Stern steht. Auch wenn er nichts von Astrologie versteht, vertraut er gefühlsmäßig stets darauf, eher Glück als Pech zu haben.

Daß er dessen so sicher ist, macht den Menschen um ihn herum das Leben manchmal schwer. Er kann nicht mit Geld umgehen und überzieht dauernd sein Konto, weil er darauf vertraut, daß es schon gutgehen wird. Wenn Sie mit einem Schütze-Traumpartner zusammenleben, kann es deshalb vorkommen, daß Sie sich zuweilen in schlaflosen Nächten verzweifelt fragen, wie Sie nur alle Rechnungen bezahlen sollen, während er wie ein Säugling sorglos selig schläft. Und da er ein Schütze ist, geht denn letztendlich auch alles trotzdem gut.

Der Schütze-Mann ist allerdings nicht in jeder Hinsicht so romantisch veranlagt, wie Sie vielleicht gehofft haben. Ebenso wie die beiden anderen Feuerzeichen Widder und Löwe kann er sich jedoch Hals über Kopf verlieben, und zwar sehr leidenschaftlich. Doch wo er Ihnen gerade noch ewige Liebe geschworen hat, erfahren Sie im nächsten Moment, daß er bereits einen Wochenendausflug mit seinen Kumpanen in die Wege geleitet hat. Sie brauchen sich allerdings für gewöhnlich keine Sorgen zu machen, er könnte Ihnen untreu werden. Es geht ihm vielmehr darum, sich nicht angebunden zu fühlen. Er ist ein freier Geist und will das auch bleiben.

Eine kluge Frau respektiert dieses Bedürfnis ihres Schützen, und sie wird ihm ermöglichen, sich jung und frei wie ein Vogel zu fühlen, ihm aber auch ihre eigene Unabhängigkeit beweisen und daß ihr das gleiche zusteht. Sie wird sich nie besitzergreifend und eifersüchtig zeigen (selbst dann nicht, wenn ihr insgeheim danach ist). Sie hat es im allgemeinen aber auch nicht nötig, denn der Schütze-Mann ist nicht auf Partnerwechsel aus. Wenn er sich mit Haut und Haaren verliebt hat, soll es für immer sein.

Wenn Sie nun annehmen, das Leben mit einem Schütze-Mann müsse ziemlich aufreibend sein, haben Sie recht; manchmal ist es das wirklich. Aber der Schütze-Traumpartner ist eben auch ein großmütiger und begeisterter Liebhaber, der Sie zur glücklichsten Frau der Welt machen will.

Haben Sie sich einmal mit dem Gedanken angefreundet, sich einen lustigen Schützen an Ihre Seite zu holen, müssen Sie wissen, wo Sie ihn am ehesten finden können. Seine Jagdgründe sind sicher überall dort, wo Sport getrieben wird. Vielleicht läuft er Ihnen auch über den Weg, wenn Sie beide Ihren Hund ausführen (ein Schütze-Mann hat gerne Tiere um sich). Eventuell trainiert er auch in einem lokalen Club seine athletischen Muskeln, oder er spielt in einer Fußballmannschaft mit. Es ist auch gut möglich, daß Sie ihm vorgestellt werden, wenn Sie mit ein paar Bekannten eine Kneipe oder Weinstube aufsuchen. Er ist sehr gesellig und sagt Einladungen auch noch im letzten Moment zu.

Der Schütze ist das Zeichen, das die meisten Weltenbummler hervorbringt. Fast jeder Schütze-Mann bricht gern zu neuen Ufern auf. Sein Gepäck scheint immer bereitzustehen, denn das Reisen ist ein fester Bestandteil seines Lebens. Wenn Sie einen Schützen im Urlaub kennenlernen, können Sie ein paar phantastische Wochen erleben. Denn unter dem nächtlichen Sternenzelt wird selbst er romantisch. Doch aufgepaßt! Vielleicht sucht er hier nur nach einem Abenteuer. Und obwohl er sonst ehrlich ist, erzählt er Ihnen vielleicht trotzdem nicht, daß zu Hause jemand auf ihn wartet. Wie die beiden andern Feuerzeichen handelt er impulsiv, wenn er einer begehrenswerten Frau begegnet. Da er ein Glückskind ist, erwartet er überdies, daß Sie ihm, ohne an morgen zu denken, in die Arme sinken. Wenn auch Sie nur auf eine Ferienromanze aus sind, ist ja alles in Ordnung. Andernfalls besteht für Sie ein geringeres Risiko, wenn Sie den Schützen zu Hause und nicht – zum Beispiel – auf einem Flug nach Griechenland kennenlernen.

Auch wenn Sie mit einem Schütze-Mann eine glückliche Beziehung unterhalten, läßt er Sie höchstwahrscheinlich lange warten, bis er das Hochzeitsdatum festlegt. Manchmal müssen Sie sogar sehr, sehr lange warten. Dieser Traumpartner kann sich einer Frau sehr verbunden fühlen und trotzdem seine Freiheit behalten wollen. Die Beziehung von Woody Allen mit Mia Farrow ist ein Beispiel dafür: Er wollte seine eigene Wohnung auch dann noch behalten, als sie bereits ein Kind von ihm erwartete. Vielleicht war ihr das aber auch gerade recht, denn sie ist ein Wassermann, und Menschen, die in diesem Zeichen geboren sind, schätzen ihre Freiheit fast ebensosehr.

Der Schütze kann ein äußerst aufmerksamer Liebhaber, aber wie der Wind auf und davon sein, wenn Sie anfangen, über eine feste Partnerschaft zu reden. Beweisen Sie ihm möglichst bald, daß Sie eine fröhliche, unkomplizierte Frau sind, die so gut wie nie schlechte Laune hat. Denn da er selbst so positiv eingestellt ist, könnte er mit einer Partnerin, die immer oder häufig negativ reagiert, gar nicht auskommen. Er ist stets davon überzeugt, daß aus den Wolken von heute der Sonnenschein von morgen wird. Für eigene Fehler – die er höchst ungern eingesteht – hat er nur ein Achselzucken übrig. Er ist ja so sicher, daß er mit jeder Widrigkeit fertig werden kann. Wenn Sie selbst Unterstützung und Beistand nötig haben, erweist er sich deshalb stets als große Hilfe. Außerdem gelingt es ihm, düstere Stimmungen im Nu zu vertreiben.

Der Schütze-Traumpartner ruft Sie vermutlich vom ersten Tag Ihrer Bekanntschaft an andauernd an. Unterstehen Sie sich, das gleiche zu tun! Er könnte sich, zu seinem Schrecken, auch in diesem Fall unfrei und kontrolliert vorkommen.

Der Schütze-Mann freut sich über Geschenke, doch sollten Sie nicht übertreiben. Er könnte sonst denken, Sie wollten ihn auf diese Weise binden. Geschenke für ihn lassen sich leicht finden, besonders wenn er Sportler ist: ein neuer Tennis- oder Golfschläger, der neueste Typ eines Trainingsrads, ein praktischer Reisekoffer oder ein Weltatlas sind immer willkommen. Er freut sich übrigens besonders über witzige Geschenke.

Glauben Sie nun über all das zu verfügen, was die richtige Gefährtin für einen Schütze-Traumpartner vorweisen muß? Würden Sie gern ein höchst bewegtes Leben führen, das ganz sicher nie langweilig wird? Bringen Sie es fertig, sich bei vier von fünf Auseinandersetzungen ins Unrecht setzen zu lassen, nur damit er zufrieden ist?

Nicht daß er eine Frau möchte, die immer nur zustimmend nickt, aber er betrachtet Sie einfach gern als Sparringspartnerin und freut sich, wenn Sie sich für Ihre Ansichten so richtig ins Zeug legen. Würden Sie ihm dauernd zustimmen, würde er sich mit Sicherheit schon bald langweilen. Solange er aber überzeugt ist, daß er letztlich *fast* immer im Recht ist, wird er zufrieden sein. Bei Meinungsverschiedenheiten mit anderen müssen Sie natürlich seine Partei ergreifen. Er selbst wird immer zu Ihnen halten und erwartet dies auch von seiner Partnerin.

Es mag Zeiten geben, da er Ihnen völlig verantwortungslos vorkommt. Er ist im Herzen ein Kind, ein Mann, der seine letzten Pfennige für ein Geburtstagsgeschenk ausgibt. Andrerseits stellen Sie rasch fest, daß dieser Traumpartner sein unnachahmliches Gefühl von Jugend auf Sie überträgt. Und wenn Ihr Zusammenleben mit ihm noch so viele Tiefs haben sollte: Sie alle werden neben den ebenso zahlreichen Höhepunkten mehr als verblassen. Der Schütze-Mann vermag immer wieder ein Lächeln auf Ihr Gesicht zu zaubern, und Sie werden einfach glauben *müssen*, das Glück sei ihm hold. Wie gut, daß es das auch wirklich ist.

Die Schütze-Frau verabscheut die Routine

Die Schütze-Frau ist Ihre ideale Traumpartnerin, wenn Sie schon immer von einer Frau geträumt haben, die besonders humorvoll und optimistisch ist, die schon immer ein halber Junge war und an Ihren Aktivitäten rege teilnehmen will. Wenn es Ihnen nichts ausmacht, mit einer Frau zusammenzuleben, über deren recht unordentliche Art Ihre Mutter wahrscheinlich die Hände über dem Kopf zusammenschlagen würde, die immer dann ohne

Geld dasteht, wenn Sie auch gerade nichts außer der Reihe von der Bank abgeholt haben, und die sich ihre Unabhängigkeit bewahren will (wenn sie auch recht viel aufzugeben bereit ist, wenn sie sich einmal richtig verliebt hat), dann brauchen Sie nicht weiter zu suchen.

Über ihre Unabhängigkeitsliebe lohnt es sich allerdings, etwas genauer nachzudenken. Vielleicht glauben Sie, viele Frauen täuschten nur vor, sie seien von niemandem abhängig, damit es nicht so aussieht, als wollten sie Sie in die Falle locken. Vielleicht glauben Sie auch, Sie hätten jede Frau bald so weit, daß Sie sie nach Belieben lenken können, sobald Sie nur ihr Herz erobert haben. Auf Ihre Schütze-Traumpartnerin trifft das alles nicht zu, denn sie ist wirklich frei und ungebunden. Sie läßt sich nicht gern einengen, einschließen oder auf eine bestimmte Schiene setzen. Sie macht sofort Schluß, wenn sie spürt, daß ihr Partner ihre Art zu denken und zu fühlen nicht versteht, besonders dann, wenn sie entschlossen ist, noch einiges zu erleben, ehe sie sich endgültig festlegt.

Und auch dann will sie noch so oft wie möglich reisen. Vielleicht gibt es Schütze-Frauen, die ihr ganzes Leben lang zufrieden an einem Ort bleiben, doch würde ich gern deren Horoskop sehen. Ich bin sicher, daß das auf ihren Aszendenten oder die Stellung des Mondes und der anderen Planeten, unter deren Einfluß ihr persönliches Horoskop steht, zurückzuführen ist.

Ich will Ihnen nun nicht weismachen, Sie hätten sich eine Frau eingehandelt, die Ihnen untreu wird, sowie Sie ihr den Rücken zukehren. Sie hat keine amourösen Abenteuer nötig.

Eine Schütze-Frau haßt es aber mehr als jede andere, ein Gewohnheitstier zu sein. Deswegen packt sie ihr Leben so mit Aktivitäten voll, daß es nie zur bloßen Routine erstarrt. Viele Frauen beneiden sie, da sie ein so positives

Flair verströmt. Natürlich gibt es auch Augenblicke, in denen es ihr schlechtgeht oder sie deprimiert ist. Doch läßt sie sich das nicht anmerken. Ist sie sichtbar verzweifelt über etwas, muß es ernste Ursachen haben. Was anderen das Herz bricht oder sie in Depressionen stürzt, gleitet an der Schütze-Frau ab. Sie bricht selten in Tränen aus. Aber wenn sie unglücklich ist, sollte das auf keinen Fall an Ihnen liegen.

Nie würde Ihre Schütze-Traumpartnerin Sie anlügen. Dazu ist sie zu offen und ehrlich. Sie sagt Ihnen genau, was sie über Ihre Person und Ihren Lebensstil denkt, darunter auch Dinge, die Sie wahrscheinlich nicht gerade gern hören. Sie ist aber nicht in der gleichen Art kritisch wie die Jungfrau. Sie merkt nämlich gar nicht, daß sie kritisiert. Sie teilt Ihnen ja lediglich mit, was sie denkt (so sieht *sie* das jedenfalls). Sie läßt sich auch nicht gern herumkommandieren. Auch wenn sie sich Hals über Kopf in Sie verliebt hat, will sie dadurch nicht ihre Unabhängigkeit verlieren.

Ist Ihre Traumpartnerin Ihre Ehefrau geworden, dürfen Sie keineswegs ein so geordnetes Leben erwarten, wie Sie es (möglicherweise) von früher her gewohnt sind. Die Schütze-Frau mag äußerst aktiv sein, die Hausarbeit gehört aber in der Regel nicht zu ihren Lieblingsbeschäftigungen. Sie erledigt sie zwar, aber eben erst dann, wenn es ihr in den Kram paßt. Dennoch brauchen Sie sich keine Sorgen zu machen, falls Sie einmal Ihren Chef und seine Frau zum Essen einladen wollen. Die Schütze-Frau kann eine wunderbare Gastgeberin sein und so delikat kochen, daß Sie stolz darauf sein können. Schließlich ist sie viel in der Welt herumgekommen und kennt meist unzählige internationale Rezepte, die sie auf ihren Reisen gesammelt hat.

Auch in einem vollbesetzten Raum ist eine Schütze-

Frau unschwer auszumachen. Sie erzählt bestimmt gerade allen amüsante Geschichten oder fabuliert von ihrer letzten Weltreise. Sie strahlt Vitalität und Selbstbewußtsein aus und gibt sich stets locker. Obwohl nicht jede Schütze-Frau sportlich durchtrainiert ist, spürt man doch ihre erstaunliche Energie. Auch die Art, wie sie etwa einen weniger extravertierten Neuling einführt, wird Sie ansprechen, und ebenso die freundlich-beiläufige Art, in der sie sich nach Ihnen umdreht, um Sie kurz abzuschätzen und sich dann wieder ihren Zuhörern zuzuwenden. Vielleicht haben Sie den Eindruck, sie sei einem flüchtigen Abenteuer von Zeit zu Zeit nicht abgeneigt. Doch die Schütze-Frau kennt den Unterschied zwischen einer Bettgeschichte im Anschluß an eine durchgefeierte Nacht und einer ernsthaften Liebesbeziehung genau. Wenn sie einem Mann ihr Herz schenkt, setzt sie die Sache nicht leichtfertig aufs Spiel, indem sie mit anderen herumturtelt. Sie hat eine freie, unkomplizierte Art, aber dies führt nicht dazu, daß sie dem Mann, den sie liebt, untreu wird. Werfen Sie ihr deshalb auch nie dergleichen vor, nur weil sie, ob Sie ihr den Rücken zukehren oder nicht, zu anderen nett und freundlich ist. Denken Sie daran, wie ungern sie sich einengen läßt.

Wenn Sie das Sternzeichen der Frau, die Ihren Blick auf sich gezogen hat, immer noch nicht erraten haben, sollten Sie ihre Kleider etwas näher anschauen. Bei einer Schütze-Frau können sie ganz salopp sein und trotzdem sehr teuer aussehen. Sie macht sich nichts aus der neuesten Mode und gibt auch nicht Unmengen für ihre Garderobe aus. Sicher ist sie auch nicht zu stolz, um im Secondhand-Laden nach günstigen Gelegenheiten Ausschau zu halten – und bei ihrem sprichwörtlichen Glück findet sie garantiert etwas Besonderes. Genausogut kann sie aber auch in einem plötzlichen Anfall von Extravaganz etwas kaufen, das ein Vermögen kostet und das sie nach einem Monat nicht mehr sehen kann. Da sie sehr unabhängig ist, akzeptiert sie auch von keinem Mann, daß er ihr etwa deswegen Vorhaltungen macht.

Vielleicht fragen Sie sich nun etwas unsicher, ob Sie mit dieser feurigen, vitalen Frau überhaupt zurechtkämen. Doch sie wird Ihre Zweifel bald zerstreuen, denn Ihr Leben wird durch sie um so vieles interessanter, daß Sie weder Zeit noch Lust haben, sich weiter mit dieser Frage zu beschäftigen.

Sollten Sie nach einer Schütze-Traumpartnerin Ausschau halten, können Sie sie überall da finden, wo etwas los ist. Sie ist der Typ, der spontane Einladungen begeistert annimmt, mit dem Rucksack auf dem Rücken Indien durchwandert, übers Wochenende nach Rom oder Paris fliegt, morgens um sieben im Park einen Dauerlauf macht oder in ihren ohnehin schon vollen Terminplan noch ein paar Gymnastikstunden quetscht.

Jane Fonda und Chris Evert sind gute Beispiele für die Vitalität der Schütze-Frau.

Die Schütze-Frau liebt Überraschungen und läßt sich gern beschenken, besonders mit Dingen, die sie zum Lachen bringen. Sie können es aber auch mit einem Trainingsanzug, einem Hund für lange Spaziergänge (natürlich nur, wenn sie Tiere mag) oder einer automatischen Kamera versuchen.

Der Schütze gilt als männliches Sternzeichen ebenso wie Widder und Löwe, die beiden andern Feuerzeichen. Dies heißt jedoch – ebenso wie bei den übrigen Sternzeichen – nicht etwa, daß die Schütze-Traumpartnerin nicht durch und durch Frau wäre. Und im entsprechenden Augenblick ist sie so gefühlvoll, wie Sie sich das nur wünschen können. Gut möglich, daß sie Ihre Versuche, sie zu verführen, nicht ganz so ernst nimmt wie Sie selbst. Doch wenn Sie die Schütze-Frau wirklich zu der Ihren machen wollen, müssen Sie zusammen lachen (selbst darüber) und dem Leben seine lustigen Seiten abgewinnen können.

Frank O'Connor

Seine Braut

I

Wenn Mrs. Early zu Terry sagte, er sollte sich seine Sonntagshose und den guten Sweater anziehen, dann wußte er, daß seine Tante zu Besuch kam. Für seinen Geschmack kam sie viel zu selten, aber wenn sie kam, dann war's großartig. Terrys Mutter lebte nicht mehr, und Mrs. Early hatte Terry bei sich aufgenommen. Mrs. Early war eine grobe, schwerhörige alte Frau, die halb krumm vor Rheuma war, ewig schimpfte und Terry eine Kopfnuß versetzte, sooft sie ihn sah. Ihr Sohn Billy war jedoch ein netter, gutherziger Bursche.

Gerade als die Glocke im Tal unten zur Messe rief und Billy noch verzweifelt an seinem Kinn herumschabte und das verdammte alte Rasiermesser verwünschte, erschien Terrys Tante. Mit ihrem sonnverbrannten Gesicht schaute sie in die dunkle Hütte und streckte allen die Hand hin.

«Hallo, Billy», rief sie mit ihrer lauten, lachenden Stimme, «mal wieder zu spät für die Messe?»

«Lassen Sie mich in Ruhe, Miss Conners», stotterte Billy und wandte ihr sein eingeseiftes Gesicht zu. «Mein Rasiermesser – au – ich glaube, Mutter benutzt's manchmal heimlich für sich selber!»

«Ja, wie geht's denn Mrs. Early?» fragte Terrys Tante, gab der alten Frau einen Kuß und hantierte an ihren

Rucksackschnüren herum. «Sehen Sie mal, was ich Ihnen mitgebracht habe – nein, das nicht, das sind Zigaretten für Billy (‹Besten Dank, Miss Conners!›), da, das ist für Sie – und dann noch allerlei fürs Mittagessen.»

«Und was hast du mir mitgebracht, Tantchen?» fragte Terry.

«Ja – was hättest du denn gern, Terry?» fragte sie, kniete vor ihm nieder und schleuderte ihre lange, braune Mähne von den Schultern zurück. Sie trug einen grünen Sportrock und einen grauen Pulli; ihre Beine waren nackt.

«Ein Schiff!» rief Terry, denn letztesmal hatte sie ihm eins versprochen.

«Nein, so was!» wunderte sie sich. «Das ist aber seltsam! Denk mal, Terry, als ich gestern nach Hause kam, saß ein kleiner Vogel auf dem Baum vor meinem Fenster, und weißt du wohl, was der sagte? ‹Vergiß nicht das Schiff für Terry!› sang er.»

«Was für'n Vogel?» fragte Terry.

«Ein dickes, schwarzes Ding!»

«Das war bestimmt unsre alte Amsel», sagte Terry. «Die sitzt bei uns im Hof und singt immerzu!»

Und das stimmte.

Nach dem Essen machten die beiden einen Spaziergang durch den Wald. Terrys Tante ging mit langen, weit ausholenden Schritten, und Terry hatte alle Mühe, nicht zurückzubleiben, doch es war großartig, mit ihr spazierenzugehen, denn sie lachte und erzählte die ganze Zeit und wußte lustige Spiele. Wenn sie nur öfter kommen wollte! Terry strengte sich jedesmal mächtig an, erwachsen zu sein. Den ganzen Morgen hatte er sich gesagt: «Terry, denk dran, daß du kein Baby bist! Du bist jetzt neun, vergiß es nicht!» Natürlich war er nicht neun; er war erst fünf und eine runde Kugel, aber er wollte gern neun sein, denn so alt war seine Freundin Florrie. Wenn man neun war, verstand man alles. Es gab noch so manches, was Terry nicht verstehen konnte.

Als sie oben auf der Hügelkuppe anlangten, warf sich Terrys Tante der Länge nach ins Gras, streckte die Knie gen Himmel und faltete die Hände unter dem Kopf. Sie ließ sich gern von der Sonne schmoren. Heute trug sie eine Sonnenbrille. Als Terry hindurchschaute, erschien ihm alles schwarz, die Wälder und Hügel auf der andern Seite des Tales, Autobusse und Wagen, die unterhalb von ihnen auf der Landstraße entlangkrabbelten, und noch weiter unten, fast auf der gleichen Höhe wie der Fluß, die Eisenbahngeleise. Sie versprach ihm auch eine Sonnenbrille, sie wollte sie das nächste Mal mitbringen. Eine mit kleineren Gläsern, die ihm besser paßte.

«Wann kommst du wieder, Tantchen?» fragte er. «Nächsten Sonntag?»

«Warum?» fragte sie, drehte sich auf den Bauch und stützte den Kopf in die Hände, lutschte an einem Grashalm und blickte ihn an. «Hast du's wirklich gern, wenn ich komme, Terry?»

«Mächtig gern!»

«Möchtest du gern dauernd bei mir wohnen, Terry?»

«Ui je – und wie!»

«Ganz sicher?» neckte sie ihn. «Hättest du kein Heimweh nach Mrs. Early oder Billy oder Florrie?»

«Ganz sicher nicht, Tantchen», flüsterte er gespannt. «Wann kommst du und holst mich?»

«Ich weiß es noch nicht», erwiderte sie. «Vielleicht schneller, als du denkst.»

«Wohin willst du mich bringen? In die Stadt?»

«Wenn ich dir sage, wohin...», flüsterte sie, und ihr Kopf kam näher, «schwörst du mir dann einen furchtbaren Eid, daß du's keinem Menschen verrätst?»

Er nickte stumm.

«Auch Florrie nicht?»

«Nein, auch Florrie nicht!»

«Sonst fällst du mausetot um?»

«Sonst fall' ich mausetot um!»

«Dann hör also! In England wohnt ein netter Mann, der will mich heiraten und nach England mitnehmen. Und ich hab' ihm gesagt, ich käme nicht ohne dich, und da hat er gesagt, er würde dich auch mitnehmen.... Wär' das nicht phantastisch?» rief sie und klatschte in die Hände.

«Ja», rief Terry und klatschte in die Hände. «Wo 's England?»

«Och, England ist weit von hier», sagte sie und deutete talwärts. «Ganz hinten, wo die Eisenbahn aufhört. Und dann müssen wir noch in ein großes Schiff steigen.»

«Junge, Junge!» sagte Terry, wie es Billy immer tat. «Wie sieht's denn da aus in England, Tantchen?»

«Oh, phantastisch!» erklärte seine Tante mit ihrer lauten, begeisterten Stimme. «Da würden wir zu dritt ganz allein in einem großen Haus wohnen, könnten lauter Lampen einfach an- und ausknipsen, hätten heißes Wasser, soviel wir haben wollten, und jeden Morgen würde ich dich auf deinem Fahrrad zur Schule begleiten.»

«Auf meinem eigenen Fahrrad?» fragte Terry ungläubig.

«Ja, ja, ein zweirädriges! Und nachmittags würden wir in den Park gehen – weißt du, einen großen Garten mit vielen Bäumen und Blumen und einem Teich.»

«Und was noch?» fragte Terry. Er hätte ihr ewig zuhören können.

«Und auf dem Teich könntest du dein Segelboot schwimmen lassen, und andre Kinder wären da, mit denen du spielen kannst, und ich sitze solange auf einer

Bank und lese. Und dann gehen wir nach Hause und essen Abendbrot, und ich bade dich und erzähl' dir zum Einschlafen eine Geschichte. Wär' das nicht toll, Terry?»

«Hm, aber was für eine Geschichte? Erzähl mir jetzt eine!»

Sie nahm also ihre schwarze Brille ab, legte die Arme um ihre Knie und erzählte ihm die Geschichte von den drei Bären, ja sie machte es ihm sogar vor, wie sie brummten, und kroch auf allen vieren durchs Gras, während ihr das Haar in die Augen hing, so daß Terry vor Angst und Wonne quietschte. Sie war wirklich großartig.

II

Am nächsten Tag kam Florrie in die Hütte. Sie wohnte im Dorf und mußte fast eine Meile weit durch den Wald gehen, aber sie liebte es, sich um ihn zu kümmern, und Mrs. Early hatte natürlich nichts dagegen. «Deine Braut», nannte sie Florrie, wenn sie zu Terry von ihr sprach, und Florrie wurde rot vor Freude. Sie war lang und mager, hatte pechschwarzes Haar und ein schmales, gelblichweißes Gesicht mit einer Hakennase. Sie wohnte bei Miss Clancy in der Post und war sehr brav.

«Terry!» schrie Mrs. Early. «Deine Braut ist da!» Terry kam mit seinem neuen Boot angestürzt.

«Oh», rief Florrie und riß die Augen auf, «wo hast'n das her?»

«Von meinem Tantchen! Ist wunderschön, nicht?»

«Scheint so», erklärte Florrie spöttisch und deutete an, daß sie ihn für ein Baby hielt, weil er sich für das Boot begeisterte.

Das war eben Florries große Schwäche, obwohl sie sonst eine großartige Freundin war. Sie konnte sich die gruseligsten Geschichten ausdenken, so daß sie sich nachher selber fürchtete, allein durch den Wald nach Hause zu gehen. Aber leider war sie neidisch. Wenn sie selbst etwas hatte und war's auch nur die schäbigste Flikkenpuppe, dann tat sie, als wär's das siebente Weltwunder – aber wenn jemand anders etwas noch so Schönes hatte, dann tat sie, als wäre es ihr gleichgültig. «Komm mit zum Schloß, ich kauf uns für'n Penny Stachelbeeren!»

«Nein, ich will nicht!» rief Terry großherrlich. «Erst gehn wir mit meinem Boot an den Fluß!»

«Aber es sind Riesenstachelbeeren, Terry!» sagte sie eifrig, als hätte kein Mensch in der Welt so große Stachelbeeren, nur sie selber. «Miss Clancy hat mir den Penny geschenkt!»

«Erst gehn wir an den Fluß!» bestimmte Terry. «Warte nur, wie fein es segeln wird – ssst!»

Sie gab nach wie immer, wenn Terry seinen Kopf durchsetzte, doch sie murrte die ganze Zeit, es würde zu spät, und ihr Freund, der Untergärtner, wäre dann nicht mehr da, und der Obergärtner würde ihnen bloß eine kleine Handvoll geben – und lauter unreife. Immer mußte sie sich Sorgen machen.

Am Fluß streiften sie sich die Kleider hoch und wateten ins Wasser. Es war tief, und dicht am Ufer war es ganz klar und floß rasch über die glatten braunen Steinchen. Die Strömung war schnell, und das kleine Segelboot kippte um und kreiselte rundherum und bohrte sich ins Ufer. Florrie hatte es bald satt; sie setzte sich ins Gras, ließ die Füße ins Wasser baumeln und betrachtete das Boot mißbilligend.

«Wegen solchem Boot bekomm' ich keine Stachelbeeren!» brummte sie mürrisch.

«'s ist ein wunderschönes Boot!» rief Terry entrüstet.

«Komisch, daß es dann nicht mal richtig segeln kann!» sagte sie hämisch.

«Wie kann's denn, wenn das Wasser zu schnell fließt!» schrie Terry beleidigt.

«Du bist ja verrückt!» grinste sie mit erhabener, damenhafter Herablassung. «Ich hab' noch nie gehört, daß Wasser für ein Boot zu schnell fließt!» – Das war auch so eine Schwäche von Florrie: Sie tat immer so, als wäre sie die einzige, die Bescheid wußte. «Aber jeder kann sehen, daß es ein billiges, altes Boot ist!»

«'s ist kein billiges, altes Boot!» empörte sich Terry. «Meine Tante hat's mir geschenkt.»

«Sie verschenkt bloß billiges, altes Zeug, lauter Sachen, die sie zum Einkaufspreis in dem Geschäft bekommt, wo sie arbeitet!» verkündete Florrie mit der kalten Frechheit, über die sich auch die andern Kinder stets ärgerten. «Das weiß jeder bei uns im Dorf!»

«Du bist bloß neidisch!» rief er, wie er es oft von den Dorfkindern gehört hatte.

«Du bist ja verrückt!» grinste sie wieder. «Worauf soll ich denn neidisch sein?»

«Meine Tante bringt mir Geschenke mit, und dir schenkt nie ein Mensch irgendwas!» schrie er sie an.

«Wenn sie dich so gern hat, dann ist es aber komisch, daß du nicht bei ihr wohnen darfst!» höhnte Florrie.

«Ich darf aber – bald!» trumpfte Terry auf und vergaß sein gegebenes Versprechen.

«Na, so was!» spöttelte Florrie und sah ihn von unten herauf an. «Wer hat dir denn das vorerzählt?»

«Sie! Tantchen hat's gesagt!»

«Du mußt ihr nicht alles glauben, mein Kleiner!» erklärte Florrie streng. «Sie wohnt bei ihrer Mutter, und ihre Mutter erlaubt nicht, daß du zu ihnen ziehst!»

«Sie bleibt aber nicht bei ihr wohnen!» jubelte Terry

im Gefühl, daß er ihr endlich den Mund stopfen konnte. «Sie will einen Mann in England heiraten und nimmt mich mit! Ätsch!»

«Nach England?» rief Florrie, und Terry merkte, daß sie vor Neid platzte. Sie hatte keinen Menschen, der sie nach England mitnahm, und er überlegte, womit er sie noch wütender machen konnte. «Und sie schenkt mir ein Fahrrad – ganz für mich allein!»

«Und das hat sie dir erzählt?» fragte Florrie so giftig und verächtlich, daß er wütend auf und ab sprang und rief: «Sie tut's bestimmt! Sie tut's bestimmt!»

«Ach, mein Kleiner, sie foppt dich bloß!» sagte Florrie, planschte mit den dünnen, weißen Beinen im Wasser herum und starrte ihn mit Augen an, die so dunkel und böse wie die einer Hexe im Märchenbuch waren. «Warum hat sie dich denn überhaupt erst hierhergeschickt?»

«Sie hat mich gar nicht hergeschickt», schrie Terry und spritzte ihr Wasser ins Gesicht.

«Och, das weiß doch jeder!» sagte sie träge und wandte ihr Gesicht ab, um den Spritzern auszuweichen. «Sie tut so, als wäre sie deine Tante, aber wir wissen's alle, daß sie deine Mutter ist!»

«Ist sie nicht!» schrie Terry. «Meine Mutter ist tot!»

«Haha, das erzählen sie einem bloß so», sagte Florrie ruhig. «Mir haben sie auch so was erzählt, aber ich wußte gleich, daß es gelogen war! Deine Mutter ist gar nicht tot, mein Kleiner. Sie hat Pech mit 'nem Mann gehabt, und dann hat sie dich hierhergeschickt, weil's ihre Mutter so wollte. Sie mußte dich loswerden. Das ganze Dorf weiß es.»

«Du Lügenmaul!» Er stürzte sich auf sie und bearbeitete sie mit seinen dicken Fäustchen. Aber er hatte nicht genug Kraft, und sie schob ihn einfach beiseite und stand triumphierend auf, um sich ihr Kleid glattzustreichen.

«Bilde dir bloß nicht ein, daß du nach England gehst, mein Kleiner!» sagte sie mit ihrer überlegenen Erwachsenenmiene. «Wer wollte dich wohl haben? Natürlich tust du mir leid, und ich würde dir gern helfen», schloß sie heuchlerisch, «aber du bist so ein Baby! Ich hab' gedacht, du weißt das alles!»

Dann ging sie am Flußufer entlang und sah sich ein paarmal nach ihm um. Er starrte ihr wütend nach und kreischte und stampfte mit den Füßen. Er hatte nicht richtig verstanden, was sie meinte, aber er ahnte, daß er wieder der Unterlegene war. Dann rannte er weinend durch den Wald zur Hütte. Gott würde sie schon strafen für die Lügen, die sie erzählt hatte, und wenn Gott es nicht tat, dann mußte es Mrs. Early tun.

Mrs. Early hängte Wäsche auf und blickte verdrießlich auf ihn nieder.

«Was hast'n jetzt wieder zu jammern?» fragte sie.

«Florrie Clancy ist 'ne Lügnerin!» heulte er, rot vor Wut.

«Ach, laß mich mit deiner Florrie in Ruh'!» erwiderte sie. «Komm her und laß dir die Nase putzen!»

«Sie hat gesagt, meine Tante ist nicht meine Tante!» rief er.

«Was hat sie gesagt?» fragte Mrs. Early und starrte ihn an.

«Sie sagt, sie wär' meine Mutter – Tantchen, die mir das Boot geschenkt hat!» schluchzte er.

«Soso», sagte Mrs. Early grimmig. «Wenn ich die hier erwische, die kleine Zigeunerin, dann werd' ich ihr aber den Hintern versohlen! Deine Mutter war 'ne brave Frau – aber wo die Florrie herstammt, das weiß der liebe Himmel!»

III

Trotzdem war es eine traurige Geschichte für Terry. Florrie ließ sich nicht blicken. Sie wußte, was sie angerichtet hatte, und sie wußte, daß Mrs. Early es auf sie abgesehen hatte. Ins Dorf durfte Terry nicht alleine gehen, also blieb ihm nur die Fußgängerbrücke vor dem kleinen Bahnhof und die Landstraße – aber Kinder zum Spielen waren nicht da. Er hätte sich gern wieder mit Florrie vertragen, aber sie kam ja nicht.

Und was noch schlimmer war: Auch seine Tante kam nicht. Es dauerte viele Wochen, und dann kam sie ganz unerwartet, und Terry mußte sich in Windeseile umziehen, denn unten am Bahnhof stand ein Auto und wartete auf sie. Terry war noch nie Auto gefahren, und obendrein hatte seine Tante ihm einen nagelneuen Eimer und eine Schippe mitgebracht, denn sie wollten ans Meer fahren.

Sie gingen über die kleine Holzbrücke, und unten auf dem Platz vor dem Bahnhof stand ein graues Auto und ein Mann, den Terry noch nie gesehen hatte. Er war ein großer Mensch mit einem grauen Hut und einem freundlichen Gesicht, aber Terry beachtete ihn kaum. Das Auto interessierte ihn mehr.

«Terry, das ist Mr. Walker!» rief seine Tante ziemlich laut. «Komm her und gib die Hand!»

«'n Abend, Mister!» sagte Terry.

«Potztausend, was für'n Boxer ist der junge Mann!» rief Mr. Walker und tat so, als bewunderte er ihn.

Terry kletterte bereits ins Auto und erklomm den Rücksitz. «Oh, Mister – können wir durchs Dorf fahren?» bettelte er.

«Warum denn das?» fragte Mr. Walker.

«Er will sich zeigen», kicherte seine Tante. «Nicht, Terry?»

«Ja!» nickte Terry kräftig.

Sie fuhren also die Dorfstraße entlang – die Leute kamen gerade aus der Messe –, und Terry rutschte von einer Seite auf die andre und schrie allen zu. Zuerst staunten sie, dann lachten sie und winkten. «Billy! Billy!» rief er, als er vor der Kirche Billy Early stehen sah. «Billy, meine Tante hat ein Auto, denk bloß, und wir fahren ein bißchen ans Meer, und ich hab' 'n Eimer und 'n Spaten!» Vor der Post stand Florrie und hatte die Hände auf dem Rücken verschränkt. Terry rief, und auch seine Tante beugte sich vor und winkte, aber Florrie sah ihn fremd an und tat, als kenne sie ihn nicht. Das war mal wieder echt Florrie – wie neidisch sie auf das Auto war!

Terry war noch nie am Meer gewesen, und er fand es so seltsam, daß er dachte, es müßte wohl England sein. Es war ganz hübsch, aber reichlich windig. Seine Tante zog ihm die Sachen aus, und er mußte eine hellblaue Badehose anziehen, und als er den Wind spürte, fror ihn, und er jammerte und steckte die Hände verzweifelt unter die Achseln.

«Ach, sei doch nicht solch ein Baby!» rief seine Tante ärgerlich.

Sie und Mr. Walker zogen sich auch aus, und dann führten sie ihn bei der Hand bis ans Wasser. Sein Kummer und sein Entsetzen ließen nach, und er setzte sich ins flache Wasser und ließ die hellen Wellen über sein blankes Bäuchlein schäumen. Sie sahen genau wie Limonade aus, und er kostete sie immer wieder, aber sie schmeckten salzig. Er fand, wenn das hier England wäre, könnte es ihm gefallen – obwohl ein Park und ein Fahrrad noch besser gewesen wären. Andre Kinder spielten in der Nähe und bauten Sandburgen, und er beschloß, es ihnen gleichzutun, doch zu seinem größten Ärger kam Mr. Walker nach einer Weile an und wollte ihm helfen. Terry konnte nicht verstehen, weshalb der Mann bei so viel Sand nicht für sich allein spielen konnte.

«Und jetzt brauchen wir ein Burgtor, nicht wahr?» fragte Mr. Walker geschäftig.

«Meinetwegen, meinetwegen», knurrte Terry. «Aber Sie können doch da drüben spielen!»

«Möchtest du nicht so einen Pappi wie mich haben, Terry?» fragte Mr. Walker plötzlich.

«Weiß ich nicht», antwortete Terry. «Da muß ich erst Tantchen fragen.»

«Es würde dir nämlich gefallen, wo ich wohne», fuhr Mr. Walker fort. «Bei uns ist es viel schöner!»

«Wie ist es denn?» fragte Terry interessiert.

«Oh – da gibt's Karussells und Schaukeln und all so was!»

«Und Parks?» fragte Terry.

«Ja, natürlich, Parks.»

«Können wir jetzt gleich hin?» fragte Terry eifrig.

«Heute nicht – ohne Schiff geht's nämlich nicht. Es liegt drüben in England – hinter all dem Wasser, verstehst du?»

«Sind Sie der Mann, der mein Tantchen heiraten will?» fragte Terry so verdutzt, daß er umfiel.

«Wer hat dir denn erzählt, daß ich Tantchen heiraten will?» fragte Mr. Walker, der auch verdutzt schien.

«Sie hat's gesagt!»

«Hat sie das? Haha!» lachte Mr. Walker. «Na, das wäre noch lange nicht das schlechteste für uns alle, dich inbegriffen, Terry! Was hat sie denn sonst noch gesagt?»

«Daß Sie mir ein Fahrrad kaufen», entgegnete Terry wie aus der Pistole geschossen. «Tun Sie's?»

«Klar», erwiderte Mr. Walker ernst. «Das ist das allerbeste, wenn du zu mir ziehst. Abgemacht?»

«Abgemacht!» krähte Terry.

«Gib mir die Hand drauf!» verlangte Mr. Walker.

Terry erwiderte mit einem Handschlag, nachdem er vorher in seine eigene Hand gespuckt hatte.

Er war zufrieden, daß Mr. Walker sein Vater werden sollte. Er merkte es ihm an, daß er sich auskannte.

Sie aßen ihr Abendbrot am Strand und kehrten spät zum kleinen Bahnhof zurück. Auf dem Bahnsteig brannten die paar Laternen. Die Hänge auf der andern Talseite versteckten sich hinter dunklen Bäumen, und kein Licht deutete an, wo Mrs. Earlys Hütte lag. Terry war übermüdet; er wollte nicht aus dem Wagen aussteigen und quengelte.

«Mach jetzt zu!» befahl seine Tante und hob ihn heraus. «Sag Mr. Walker schön gute Nacht!»

Terry blieb vor Mr. Walker stehen, der schon ausgestiegen war, und ließ den Kopf hängen.

«Willst du mir denn nicht gute Nacht sagen, alter Junge?» rief Mr. Walker überrascht.

Als er die vorwurfsvolle Stimme hörte, blickte Terry auf, und dann warf er sich blindlings gegen Mr. Walkers Knie und vergrub das Gesicht in seinen Hosenbeinen. Mr. Walker lachte und tätschelte Terrys Schulter. Seine Stimme klang ganz anders, als er wieder sprach.

«Kopf hoch, Terry», rief er, «wir haben's noch oft sehr schön miteinander!»

«Komm jetzt, Terry!» rief seine Tante in einem Kommandoton, der ihm plötzlich angst machte.

«Was ist denn nur los, mein Junge?» fragte Mr. Walker.

«Ich möcht' bei Ihnen bleiben», flüsterte Terry und begann zu schluchzen. «Ich möchte nicht hierbleiben. Ich möcht' mit Ihnen nach England zurück!»

«Möchtest du mit mir nach England zurück?» wiederholte Mr. Walker. «Heute abend geh' ich nicht zurück,

Terry, aber wenn du deine Tante recht schön bittest, dann vielleicht ein andermal!»

«Es hat keinen Sinn, dem Kind etwas in den Kopf zu setzen!» erklärte sie heftig.

«Das scheinst du schon gründlich besorgt zu haben», entgegnete Mr. Walker ruhig. «Verstehst du, Terry, heute abend geht's nicht. Wir müssen es auf einen andern Tag verschieben. Und nun spring schnell mit Tantchen nach Hause!»

«Nein, nein, nein!» schrie Terry und wand sich aus den Armen seiner Tante. «Sie will mich bloß loswerden!»

«Aber hör mal!» sagte Mr. Walker streng. «Wer hat dir so etwas Häßliches erzählt, Terry?»

«Es ist wahr! Es ist wahr!» schrie Terry. «Sie ist nicht meine Tante! Sie ist meine Mutter!»

Schon während er es sagte, wußte er, daß es etwas Schlimmes war. Florrie Clancy hatte es behauptet, und sie konnte seine Tante nicht leiden. Und außerdem merkte er es an der Stille, die plötzlich entstand. Seine Tante sah ihn an, und er fürchtete sich vor ihrem Gesicht.

«Terry», sagte sie mit veränderter Stimme, «laß den Unsinn und komm sofort mit!»

«Überlaß ihn mir», sagte Mr. Walker. «Ich werde es schon finden.»

Sie ließ Terry los, und sofort hörte er auf zu jammern und um sich zu schlagen. Sein Kopf sank auf Mr. Walkers Schulter. Er wußte, daß der Engländer auf seiner Seite war. Außerdem war er sehr müde. Er schlief schon halb. Als er Mr. Walkers Schritte auf der kleinen Holzbrücke hörte, blickte er auf und sah den dunklen, mit Kiefern bewachsenen Berghang. Der Fluß schimmerte bleigrau im letzten Nachtglanz. Dann erwachte er wieder in der dunklen kleinen Kammer, in der er mit Billy schlief. Er saß auf Mr. Walkers Knie, der ihm die Schuhe auszog. Er erkannte ihn an seinem Geruch, auch wenn kein Licht brannte.

«Mein Eimer», jammerte er.

«Ach, du lieber Himmel», sagte Mr. Walker, «jetzt hätt' ich beinah' deinen Eimer vergessen!»

IV

Von da an wanderte Terry jeden Sonntag über die Fußgängerbrücke zur Landstraße. Dort beim Bahnhof war eine Kneipe, und auf dem Mäuerchen draußen saßen Männer aus dem Tal und warteten, ehe sie hineingingen. Terry hatte seinen Eimer und den Spaten bereits mitgebracht, damit sie nicht in der letzten Minute vergessen würden. Er saß auf der Böschung, etwas unterhalb von den Männern, und konnte die Autobusse und Wagen sehen, die aus beiden Richtungen kamen. Manchmal bog ein graues Auto um die Ecke, und er lief darauf zu, aber stets war es eine Enttäuschung. Es war nicht Mr. Walkers grauer Wagen! Wenn es Abend wurde, kehrte er in die Hütte zurück, wo ihn Mrs. Early auszankte, weil er den Kopf hängen ließ. Er gab sich aber selbst die Schuld, denn es hatte damit angefangen, daß er nicht Wort gehalten hatte.

Eines Sonntags kam Florrie vom Dorf her die Landstraße entlang. Sie ging langsam an ihm vorbei und wartete, daß er etwas sagte, aber er wollte nicht. Im Grunde war es alles ihre Schuld. Dann blieb sie stehen, drehte sich um und wollte mit ihm sprechen. Nun merkte er, daß sie seinetwegen gekommen war, um sich mit ihm zu vertragen.

«Wartest du auf jemand, Terry?» fragte sie.

«Geht dich nichts an», erklärte Terry grob.

«Falls du nämlich auf deine Tante wartest», fuhr Florrie sanft fort, «die kommt nicht mehr!»

Terry war so ratlos, daß er mit wer weiß wem gesprochen hätte, nur um herauszubringen, weshalb seine Tante und Mr. Walker nicht kamen. Es war schrecklich, wenn man erst fünf war, weil einem kein Mensch Bescheid sagte.

«Woher weißt du's?» fragte er.

«Miss Clancy hat's erzählt», sagte Florrie vertraulich. «Miss Clancy weiß alles. Sie hört es alles in der Post. Und der Mann mit dem grauen Wagen kommt auch nicht. Der ist wieder nach England gefahren.»

Terry begann leise zu weinen. Er hatte schon immer befürchtet, daß es Mr. Walker nicht ernst war. Er ließ sich auf die Böschung fallen, und Florrie setzte sich neben ihn. Sie rupfte einen Halm ab und begann ihn zu zerzupfen.

«Warum hast du nicht auf mich gehört?» fragte sie vorwurfsvoll. «Du weißt doch, daß ich immer deine Braut war und dir nichts vorlügen würde!»

«Aber warum ist Mr. Walker nach England gegangen?» fragte er.

«Weil deine Tante nicht mit ihm gehen wollte.»

«Sie hat mir gesagt, sie wollte!»

«Ihre Mutter hat's nicht erlaubt. Er war schon verheiratet. Wenn sie mit ihm gegangen wäre, hätt' er dich auch mitgenommen. Kannst froh sein, daß er's nicht getan hat!»

«Wieso?»

«Er ist ein Protestant», erklärte Florrie selbstgerecht. «Die haben keine richtige Religion so wie wir!»

Terry zerbrach sich den Kopf, ob es besser war, eine richtige Religion zu haben und dafür ein großes Haus mit Lichtern und einen Park und ein Fahrrad einzubüßen – aber er wußte ja, er war zu jung: Mit fünf kann man noch nicht alles verstehen.

«Und Tantchen? Warum kommt die nicht mehr wie früher?»

«Weil sie einen andern Mann geheiratet hat, und der will's nicht.»

«Warum will er's denn nicht?»

«Weil's nicht recht wäre», erklärte Florrie beinahe mitleidig. «Versteh doch, der Engländer war ein Protestant, dem ist das egal, aber der Mann, den sie jetzt geheiratet hat, das ist ein Reicher und dem gehört das Geschäft, wo sie drin gearbeitet hat. Miss Clancy sagt, sie muß sich sehr wundern, daß er so eine überhaupt geheiratet hat, und es würde ihm nicht passen, wenn sie dich hier besuchen käme. Und bald hätte sie richtige Kinder.»

«Sind wir denn nicht richtige Kinder?»

«Och nein, das sind wir nicht», sagte Florrie niedergeschlagen.

«Was ist denn mit uns?» fragte Terry.

«So allerhand», erwiderte Florrie, die sich die Frage schon selbst gestellt hatte, jedoch zu stolz war, einem kleinen Jungen wie Terry zu zeigen, daß sie die Antwort nicht wußte.

«Florrie Clancy!» schrie einer von den Männern auf dem Mäuerchen. «Warum weint der Kleine? Was hast du ihm getan?»

«Ich hab' ihm gar nichts getan!» entgegnete sie entrüstet. «Er soll nicht länger hierbleiben, wo er so leicht überfahren wird! ... Komm mit, Terry!» sagte sie und nahm seine Hand.

«Sie hat gesagt, sie nimmt mich mit nach England und kauft mir'n Fahrrad», jammerte Terry, als sie über die Geleise gingen.

«Sie hat dich bloß gefoppt», erklärte Florrie überzeugt.

Ihr Ton veränderte sich allmählich. Sie sprach mit Verachtung. «Wenn sie erst andre Kinder hat, vergißt sie dich ganz und gar. Miss Clancy sagt, es ist immer das gleiche. Sie sagt, keine ist es wert, daß man einen Gedanken an sie verschwendet. Sie denken immer bloß an sich selber, sagt sie. Und sie sagt, mein Vater hat Geld scheffelweise. Wenn du mir wieder gut bist, könnt' ich dich heiraten, sowie du ein bißchen älter bist.»

Sie führte ihn auf der Abkürzung durch den Wald. Das Laub verfärbte sich schon. Dann setzte sie sich ins Gras und zupfte ihr Röckchen über die Knie.

«Warum weinst du denn?» fragte sie vorwurfsvoll. «Es ist alles deine Schuld! Ich war immer deine Braut. Mrs. Early hat es auch immer gesagt. Ich hab' dir immer geholfen, wenn die andern gegen dich waren. Ich wollte nicht, daß du dich foppen läßt von der da und ihren blöden Versprechen, aber du, du warst ja ganz verrückt auf sie und ihr billiges Spielzeug! Ich hab' dir gesagt, wie sie ist, aber du hast mir nicht geglaubt. Jetzt kannst du's mal sehn! Wenn du's mir versprichst, daß du mir wieder gut bist, dann will ich wieder deine Braut sein. Versprichst du's?»

«Ja», sagte Terry.

Sie legte ihm den Arm um die Schultern, und er schlief ein, sie aber hielt ihn fest und betrachtete ihn ernst und aufmerksam. Endlich gehörte er ihr. Sie hatte keine Nebenbuhler mehr. Dann schlief sie auch ein und merkte nicht, daß der Abendzug ins Tal hinauffuhr. Alle seine Fenster leuchteten. Die Abende wurden schon kürzer.

Morris Bishop

Die Lesemaschine

«Ich habe eine Lesemaschine erfunden», sagte Professor Entwhistle, ein knisterndes Energiebündel, dessen Begeisterungsausbrüche auf seine Kollegen immer wie Brechmittel wirken oder ihnen rote Blitze in die Augen zaubern. Alle Köpfe im Rauchsalon des Clubs der Fakultät beugten sich tiefer über die Zeitschriften, wie im Gebet... ein Gebet, das, wie üblich, nicht erhört wurde.

«Es ist klar», sagte Professor Entwhistle, «daß der größte Zeitverlust unserer Kulturwelt das Lesen ist. Es ist dem Menschen gelungen, so ziemlich alles zu beschleunigen und es dem modernen Tempo anzupassen – Nachrichtenwesen, Transport, Rechnen. Aber immer noch braucht man zum Lesen eines Buches genauso lang wie seinerzeit Dante oder...»

«Großer Cäsar!» sagte der Professor für Amphibologie und klappte seine Zeitschrift mit einem Knall zu.

«Oder der große Cäsar», fuhr Professor Entwhistle fort. «Ich habe daher eine Maschine erfunden. Sie arbeitet mit einer Anordnung von photoelektrischen Zellen, die die Druckzeilen blitzschnell abtasten. Der Arbeitsvorgang in den photoelektrischen Zellen läuft synchron mit einer mechanischen Vorrichtung zum Umblättern – höchst genial! Ich rechne damit, daß meine Maschine ein Buch von dreihundert Seiten in zehn Minuten lesen kann.»

«Kann sie auch Französisch lesen?» fragte der Professor für Bio-Wirtschaft, ohne aufzublicken.

«Sie kann jede Sprache lesen, die in Antiqua gedruckt ist. Und man braucht nur die Hauptschablone auszuwechseln, die die Arbeit der photoelektrischen Zellen kontrolliert, damit die Maschine Russisch oder Bulgarisch oder irgendeine andere Sprache in kyrillischen Buchstaben lesen kann. Das ist aber noch nicht alles. Man dreht an einem Schalter, und schon kann die Maschine Hebräisch oder Arabisch oder eine andere von rechts nach links statt von links nach rechts geschriebene Sprache lesen.»

«Chinesisch auch?» fragte der Professor für Amphibologie mit einem kühnen Schritt in die Arena. Die anderen blieben in ihren Zeitschriften vergraben.

«Chinesisch noch nicht», sagte Professor Entwhistle. «Indes, wenn man die Seiten quer einlegte... Doch, ich glaube, auch das läßt sich machen.»

«Gut. Aber wenn Sie sagen, dieser Apparat kann lesen – was meinen Sie eigentlich damit? Es scheint mir denn doch...»

«Die von den photoelektrischen Zellen aufgefangenen Lichtwellen werden zunächst einmal in Tonschwingungen verwandelt.»

«Man kann also zuhören, wie der Text vorgelesen wird?»

«Durchaus nicht. Die Tonschwingungen lösen einander so schnell ab, daß man nichts hört als pausenloses Summen... wenn man überhaupt etwas hört. Aber man hört diese Schwingungen nicht. Sie befinden sich nämlich auf einer Wellenlänge, die das menschliche Ohr nicht auffangen kann.»

«Ich habe den Eindruck...»

«Denken Sie doch, wie leistungsfähig der Apparat ist!»

Professor Entwhistle war nun ganz in seinem Element. «Denken Sie an die eingesparte Zeit! Sie geben einem Studenten eine Bibliographie von sagen wir fünfzig Büchern. Er läßt sie ganz bequem übers Wochenende durch die Maschine laufen. Und am Montag bringt er Ihnen ein von der Maschine ausgestelltes Zertifikat: alles ist sorgfältigst gelesen worden!»

«Aber der Student wird doch kein Wort mehr wissen von dem, was da gelesen worden ist!»

«Er weiß ja auch heute kein Wort von dem, was er gelesen hat.»

«Da haben Sie allerdings recht», sagte der Professor für Amphibologie. «Ich gebe es zu, da haben Sie allerdings recht. Aber soviel ich sehe, müssen wir dann der Maschine das Diplom geben und den Studenten durchfallen lassen.»

«Durchaus nicht», erklärte Professor Entwhistle. «Ein moderner Buchhalter denkt gar nicht daran, seine Arbeit selber in mühseligem Multiplizieren und Dividieren durchzuführen. Oft kann er überhaupt gar nicht multiplizieren und dividieren. Das überläßt er einer Büromaschine, und die tut die Arbeit für ihn. Der Buchhalter braucht nur zu wissen, wie man die Maschine bedient. Das ist echte Leistungsfähigkeit.»

«Trotzdem scheint es mir, daß es uns darauf ankommt, den Inhalt eines Buches in das Gehirn des Studenten zu übertragen!»

«In unserem mechanisierten Zeitalter? Mein Lieber, uns kommt es nur darauf an, den Studenten zur Bedienung von Maschinen abzurichten! Ein Flugzeugführer braucht nicht die Geschichte der Aerodynamik zu kennen. Er braucht nur zu wissen, wie man die Maschine bedient. Ein Rechtsanwalt braucht nicht die Entwicklung der Theorien über das römische Recht zu kennen. Er muß

Prozesse gewinnen, und zwar möglichst, indem er die richtigen Antworten auf logische Fragen findet. Das ist zum größten Teil ein mechanischer Vorgang. Vielleicht läßt sich auch dafür eine Maschine konstruieren; man könnte etwa damit anfangen, sie zunächst einmal einfache Vernunftschlüsse ziehen zu lassen – Sie wissen schon: Schlüsse aus einer Haupt- und einer Nebenprämisse...»

«Also einen Augenblick mal, wir wollen doch nicht abschweifen. Ihre Lesemaschine muß doch irgend etwas *tun*, sie muß das Gelesene doch irgendwie festhalten, nicht wahr? Was geschieht nun, nachdem sie Ihnen die Tonschwingungen geliefert hat?»

«Dann kommt das Schönste», sagte Professor Entwhistle. «Die Tonschwingungen werden in Lichtwellen verwandelt, und zwar in eine andere Art von Lichtwellen als die ursprünglichen; und die werden einer automatischen Schreibmaschine zugeführt, die in geradezu unwahrscheinlichem Tempo arbeitet. Da werden die Lichtimpulse in lesbare Schrift verwandelt, immer in Stößen von je hundert Seiten. Die Papierstöße kommen herausgeflogen wie Weizensäcke aus einer automatischen Mühle. Sie sehen also: *Alles, was die Maschine liest, wird in vollem Umfang und in dauerhafter Form konserviert.* Was dann noch zu tun bleibt, ist, die Seiten zusammenzuheften – aber dafür braucht man nur die Dienste eines tüchtigen Bürojungen in Anspruch zu nehmen.»

«Oder – man könnte auch das Ganze *lesen*?» beharrte der Professor für Amphibologie.

«Warum nicht – natürlich könnte man's lesen, wenn man Lust hat», sagte Professor Entwhistle. «Aber dann wäre ja die Maschine überflüssig.»

Unerträgliches Schweigen hing über dem Club der Fakultäten...

Sinnlichkeit im Zeichen des Schützen

Die Schütze-Frau spielt gerne mit der Liebe

Die Schütze-Frau ist die Doña Juana des Tierkreises. Bei der Wahl ihrer Liebhaber ist sie großzügig. Es genügt, daß ein Mann sie wegen einer besonderen Eigenschaft anzieht – sein Enthusiasmus oder sein Sinn für Humor –, dann sieht sie über seine weniger wünschenswerten Züge hinweg. Unbekümmert geht sie von einem Liebeserlebnis zum andern, so daß alles auf freundschaftlicher Grundlage bleibt.

Einer tiefen gefühlsmäßigen Bindung ist sie nicht fähig, sondern sie folgt eher den Launen ihrer romantischen Neigung. Sie spielt mit der Liebe. Jeder neue Partner ist ein Jeton, den sie auf dem grünen Filz des Roulettes dorthin wirft, wo sie die Glückszahl erhofft. Wenn eine Affäre schiefgeht, denkt sie philosophisch. Bald wird ein anderer Liebhaber kommen – wozu also um eine verlorene Liebe weinen?

Sie ist eitel. Wenn sie in die mittleren Jahre kommt, ist sie wahrscheinlich die erste, die zum Schönheits-Chirurgen geht.

Die Schütze-Frau will unterhalten und unterhalten werden. Langeweile hält sie nicht aus. Sie würde sich die Hand abhacken, nur um einen interessanten Gesprächsstoff zu haben.

Sie trägt ihr Herz auf der Zunge. Sie ist geradeheraus

und ehrlich, auch gutmütig und großzügig. Sie liebt ihre Freiheit, und sie muß reisen können. Sie braucht fortwährend Abwechslung und Anregung. Auch wenn sie glücklich ist, kann sie nicht allein glücklich sein; sie braucht Zuschauer, die ihr Glück sehen.

An sich läßt sich die Schütze-Frau gern mit einem vielversprechenden Partner ein, aber weitaus mehr interessiert sie sich für Freundschaft, Gedankenaustausch und romantische Abenteuer. Manch ein Mann kennt sich bei ihr nicht aus, weil es schwer zu entscheiden ist, ob sie ihm Avancen macht oder nur einen Freund sucht. «Warum können wir nicht einfach Freunde sein?» wurde wahrscheinlich von einer Schütze-Frau zum erstenmal gesagt. Nichts kühlt schneller als eine solche Frage!

Sie scheint niemals seßhaft zu werden. Ihre Wohnung sieht meistens aus, als ob sie gerade ein- oder auszöge. Eine Anstellung, die sie nicht interessiert, wechselt sie ebenso schnell wie den Liebhaber. Es gibt ja so viel anderes zu tun, wozu also sich langweilen?

Sie ist eine ideale Gefährtin für ein Zusammenleben mit täglicher Kündigungsfrist. Mit ihrer Begeisterungsfähigkeit, ihrer Bereitschaft zur Zusammenarbeit, ihrem herzlichen Sinn für Humor und ihrer schnellen Auffassungsgabe ist sie für jeden Mann eine Freude.

Sie ist eine gute Zuhörerin und dem Mann, der Sport und Abenteuer liebt, eine gute Kameradin. Als Gastgeberin versteht sie es, die faszinierendsten Leute zusammenzubringen und jede Gesellschaft zu beleben. Was könnte auch der schwierigste Mann mehr verlangen?

Doch bevor man sich auf die Suche nach einer Schütze-Frau macht, ist folgendes zu bedenken: Sie ist eine unverbesserliche, spielerische Schäkerin. Und sie blufft gern. Sie tut so, als wüßte sie alles, aber gewöhnlich weiß sie über die Dinge nicht einmal genug, um auch nur den Anschein dieses Alleswissens aufrechtzuerhalten.

Ihre Offenheit in Herzensangelegenheiten verwirrt die Männer. Sie kann dem Impuls, über andere Männer zu reden, die sie gekannt hat, nicht widerstehen, und wenn ein Liebhaber sie enttäuscht, sagt sie es rundheraus.

Vielleicht ist es nicht verwunderlich, daß viele Schütze-Frauen als alte Jungfern enden.

Ihr ungeduldiges, impulsives Wesen macht ihr selbst oft einen Strich durch die Rechnung. Es würde ihr im Leben besser ergehen, wenn sie ihre wirklichen Stärken und Schwächen besser verstünde. Aber sie ist von dem Schlag, der immer losrast, ohne sich vorher umzuschauen, und nie wird sie auf die Ratschläge und Warnungen anderer hören.

Sie scheint zwar durchaus imstande zu sein, ihre Angelegenheiten selbst in die Hand zu nehmen; aber das täuscht.

Wenn sie einen Mann wirklich liebt, wird sie recht abhängig. Verläßt er sie, so kann sie zusammenbrechen.

Dünnhäutig und leicht zu demütigen, hat ein Schmeichler bei ihr leichtes Spiel. Ein glattzüngiger Redner kann sie ohne Schwierigkeit für sich einnehmen. Infolgedessen wird sie oft das Opfer gewissenloser Männer, während der Richtige ihr durch die Lappen geht. Unreif und unsicher, leichtsinnig und unbeständig, ist sie schwer zu verstehen. Und fast unmöglich zu beherrschen.

Der Schütze-Mann –
verliebt in einen romantischen Traum

Sowie man den Schütze-Mann kennenlernt, fühlt man sich lebendiger. Er ist fröhlich, charmant, geistreich, und er vermittelt den Eindruck, man sei die interessanteste Frau, der er jemals begegnet ist.

Man lasse sich nicht täuschen. Wenn man genauer hinschaut, sieht man seine Augen von einer Frau zur andern im Zimmer schweifen. Die Wahrheit ist: Er begehrt sie allesamt!

Wenn eine hübsche Frau hereinkommt, wird er um sie herumscharwenzeln, sie mit Aufmerksamkeiten überschütten und alle seine Register ziehen, um sie zu bezaubern. Er wird sich ihre Adresse und Telefonnummer geben lassen und sie mit Anrufen, Pralinen, Blumen und anderen Angebinden bombardieren.

Er ist ein romantisierender Idealist, der glaubt, die nächste werde die einzige sein. Einerlei, wie oft er schon enttäuscht worden ist, sein Optimismus bleibt bestehen.

Er betrachtet jeden neuen Tag als eine neue Gelegenheit. Für ihn ist es aufregend, aufzuwachen und einfach festzustellen, daß Dienstag ist.

Er ist ein Gefühlsmensch mit einem Herzen, das geradezu danach verlangt, durchbohrt zu werden. Er möchte verliebt sein, hütet sich aber vor einer Bindung. Keine Affäre wird lange dauern, denn es liegt in seinem Wesen, Probleme zu schaffen, wenn keine vorhanden sind. Dann gewinnt sein analytischer Geist die Oberhand und nimmt das Problem auf eine Art auseinander, die beweist, daß es sich nicht lösen läßt.

Er wehrt sich gegen eine enge Beziehung und haßt Eifersucht bei Frauen. Am liebsten sind ihm Verhältnisse mit Frauen, die über Erfahrung verfügen, weil sie die Liebe am ehesten so leicht nehmen wie er. Außerdem nimmt er die Sache gern mit Humor.

Wenn er sich verliebt, will er nicht das Gefühl haben, einen Vertrag zu unterzeichnen. Jedenfalls müßte ein solcher Vertrag eine Lösungsklausel enthalten. Er weiß ja nie wirklich, was er sich wünscht. Ja, er kann sich sogar einreden, das wichtigste im Leben sei es zu wissen, was man sich *nicht* wünscht.

Schütze-Männer sind offen und sprechen frei heraus. Die unverblümte Meinungsäußerung kann weh tun, aber Takt gehört nicht zu den guten Eigenschaften des Schützen.

Als Freund ist er leicht zugänglich, tolerant und aufgeschlossen. Aber als Liebhaber macht er die Frau zu einem Projekt. Er will ihr zur Reife verhelfen. Wenn er Zeit in sie investiert hat und sie ihn enttäuscht, wird aus seiner Zuneigung Groll. Über spitze Kritik und stummes Schmollen ist er nicht erhaben. Er ist ein Perfektionist, der von der Geliebten geistige und körperliche Übereinstimmung verlangt. Seine Kritik ist jedoch auch ein Anzeichen dafür, daß sie ihm nahesteht.

Er liebt Geheimniskrämerei und wird selbst dann, wenn es nicht notwendig ist, ein Verhältnis geheimhalten. Er ist Stimmungen und Depressionen unterworfen, leidet gelegentlich unter Nervosität und Wahnvorstellungen. Glücklicherweise dauern diese Phasen nicht lange.

Es kann vorkommen, daß er eine Frau durch Gefühls- und Wutausbrüche vor den Kopf stößt. Er erledigt seine Angelegenheiten gern selbst und macht nicht ohne weiteres Konzessionen. Erfahrung hat ihn gelehrt, daß er fast immer dorthin gelangt, wohin ihn sein Ehrgeiz treibt.

Er hat das Zeug zu einem führenden Finanzmann, doch er setzt seine Begabung oft für Unternehmungen ein, die seiner nicht wert sind.

Er ist großzügig, liebt Luxus und macht üppige Geschenke.

Er ist ein ausgezeichneter Erzähler und auf Gesellschaften ein bestechender Gast. Er bevorzugt kleinere Partys; zu viele Menschen unter einem Dach bereiten ihm Unbehagen. Ja, am liebsten wäre er unter gar keinem Dach. Er bevorzugt die Weiträumigkeit des wolkenlosen Himmels und des Sternenzelts.

Er reist gern. Die stets wechselnde Szenerie, die immer neuen Gesichter, Kontakte und Erlebnisse entsprechen dem Charakter des Schützen auf vollkommene Weise. Er ist der Prototyp des Mannes, der in einem Reisebüro folgendermaßen eine Fahrkarte verlangt: «Irgendwohin, denn ich habe überall Freunde.»

Er sucht immer nach Tatsachen, und seine Wißbegier ist unersättlich.

Die Frau, die einen Schützen heiratet, sollte immer daran denken, daß er, ob verheiratet oder ledig, in seinem Herzen immer ein Junggeselle bleibt.

Kannst du nicht bei dem Mädchen sein, das du liebst, dann liebe das Mädchen, bei dem du bist. Das ist die Devise des Schütze-Mannes. Er ist wie eine Biene, die von einer Blüte zur andern fliegt und bei jeder Nektar tankt. Dagegen kann er nicht an. Er ist verliebt in einen idealisierten, romantischen Traum und muß diesem Ideal folgen, wo immer es winken mag.

So fängt man's an

Schützen lieben das Ungewöhnliche

Da der Schütze gern redet und erzählt, soll man ihm anteilnehmend zuhören und die richtigen Fragen stellen. Man muß einen wachen, lebhaften Geist zeigen, damit der Schütze seine Intelligenz und seinen Witz entfalten kann. Ein Dummkopf sucht sich besser einen anderen Spielgefährten. Der Schütze mag nur Menschen, die alert und geistig empfänglich sind. Er hat einen ausgeprägten Sinn für Humor und lehnt Leute ab, die kein wirklich interessantes Gespräch führen können. Banalität ist ihm ein Greuel.

Pferde- und Hundeliebhaber haben es leicht, ein geeignetes Thema zu finden. Auch Katzen eignen sich, obwohl diese Haustiere für den Schützen nicht an erster Stelle stehen, weil sie seine Liebe für die freie Natur nicht teilen.

Das erste Rendezvous sollte möglichst im Freien stattfinden. Man kann schwimmen gehen, ein Picknick vorschlagen, einen gemeinsamen Ausritt, Tennis, Skilaufen, Bergsteigen. Man muß allerdings sicher sein, daß man Schritt zu halten vermag, Schützen sind bekannt für ihre Ausdauer.

Man kann auch ruhig einen Wochenendausflug anregen. Ein Schütze wird dadurch nicht kopfscheu. Er ist frei und offen, und etwas Abenteuerliches oder Ungewöhnliches bringt ihn nie in Verlegenheit.

Rock-Konzert, möglichst im Freien, Operette, Musical und Ballett – mit all dem kann man es versuchen. Schützen lieben Bewegung mit Musik kombiniert.

Lädt man ihn zu einer Party ein, sollte sie in kleinem Kreis stattfinden. Der Schütze möchte als Persönlichkeit Eindruck machen können.

Geschenke sind willkommen. Am besten eignen sich Sportgeräte, sportliche Kleidungsstücke – alles, was man draußen gebrauchen kann. Oder etwas, das seinem Zigeunerblut entspricht: Reisetasche oder Paßetui. Es braucht nichts Ausgefallenes zu sein. Der Preis ist kein Faktor, der Gedanke, der dahintersteht, zählt.

Nie vergessen, daß der Schütze immer bereit ist, ein Freund zu sein. Es hängt vom andern ab, ob aus der Beziehung mehr werden soll.

Johann Peter Hebel

Der schlaue Husar

Ein Husar im letzten Kriege wußte wohl, daß der Bauer, dem er jetzt auf der Straße entgegenging, 100 fl. für geliefertes Heu eingenommen hatte und heimtragen wollte. Deswegen bat er ihn um ein kleines Geschenk zu Tabak und Branntwein. Wer weiß, ob er mit ein paar Batzen nicht zufrieden gewesen wäre. Aber der Landmann versicherte und beteuerte bei Himmel und Hölle, daß er den eigenen letzten Kreuzer im nächsten Dorfe ausgegeben und nichts mehr übrig habe. «Wenn's nur nicht so weit von meinem Quartier wäre», sagte hierauf der Husar, «so wäre uns beiden zu helfen; aber wenn du hast nichts, ich hab nichts; so müssen wir den Gang zum heiligen Alfonsus doch machen. Was er uns heute beschert, wollen wir brüderlich teilen.»

Dieser Alfonsus stand in Stein ausgehauen in einer alten, wenig besuchten Kapelle am Feldweg. Der Landmann hatte anfangs keine große Lust zu dieser Wallfahrt. Aber der Husar nahm keine Vorstellung an und versicherte unterwegs seinem Begleiter so nachdrücklich, der heilige Alfonsus habe ihn noch in keiner Not steckenlassen, daß dieser selbst anfing, Hoffnung zu gewinnen. Vermutlich war in der abgelegenen Kapelle ein Kamerad und Helfershelfer des Husaren verborgen? Nichts weniger! Es war wirklich das steinerne Bild des Alfonsus, vor welchem sie jetzt niederknieten, während der Husar gar andächtig zu beten schien. «Jetzt», sagte er seinem Begleiter ins Ohr, «jetzt hat mir der Heilige gewinkt.»

Er stand auf, ging zu ihm hin, hielt die Ohren an die steinernen Lippen und kam gar freudig wieder zu seinem Begleiter zurück. «Einen Gulden hat er mir geschenkt, in meiner Tasche müsse er schon stecken.» Er zog auch wirklich zum Erstaunen des andern einen Gulden heraus, den er aber schon vorher bei sich hatte, und teilte ihn versprochenermaßen brüderlich zur Hälfte. Das leuchtete dem Landmann ein, und es war ihm gar recht, daß der Husar die Probe noch einmal machte. Alles ging das zweite Mal wie zuerst. Nun kam der Kriegsmann diesmal viel freudiger von dem Heiligen zurück. «Hundert Gulden hat uns jetzt der gute Alfonsus auf einmal geschenkt. In deiner Tasche müssen sie stecken.»

Der Bauer wurde todblaß, als er dies hörte, und wiederholte seine Versicherung, daß er gewiß keinen Kreuzer habe. Allein der Husar redete ihm zu, er sollte doch nur Vertrauen zu dem heiligen Alfonsus haben und nachsehen. Alfonsus habe ihn noch nie getäuscht. Wollte er wohl oder übel, so mußte er seine Taschen umkehren und leer machen. Die hundert Gulden kamen richtig zum Vorschein, und hatte er vorher dem schlauen Husaren die Hälfte von einem Gulden abgenommen, so mußte er jetzt auch seine hundert Gulden mit ihm teilen, da half kein Bitten und kein Flehen.

Das war fein und listig, aber eben doch nicht recht, zumal in einer Kapelle.

Nur keine eintönige Arbeit!

Der junge Schütze, vor die Berufswahl gestellt, fühlt sich in seinem Drang nach Bewegungsraum, sei er körperlicher, gefühlsmäßiger oder geistiger Natur, meist von verschiedenen Arbeitsgebieten angezogen. So kann er einen Beruf wählen, der die eigenen Mittel und Möglichkeiten übersteigt. Bei normaler geistiger Entwicklung kann er einen Beruf entsprechend der Spannweite seiner Neigungen ergreifen. Ein freier Beruf liegt ihm am besten.

Damit die Persönlichkeit zu ihrem Recht kommt, ist sein Bedürfnis nach Bewegung und körperlicher Betätigung zu berücksichtigen. Zudem dürfen seine geistigen Anlagen und Entwicklungsmöglichkeiten, das Streben nach Vervollkommnung nicht zu kurz kommen.

Seine Arbeit sollte abwechslungsreich sein, vielseitig und mit Reisen verbunden. Eintönigkeit raubt ihm die Arbeitsfreude, Mittelmäßigkeit entmutigt ihn. Je mehr und je kompliziertere Probleme er zu bewältigen hat, desto fleißiger und tüchtiger arbeitet er.

Natürlich sind für den Schützen, wie für alle andern Zeichen, die Möglichkeiten der Berufsgebiete sehr groß; doch scheinen die hier aufgeführten die geeignetsten zu sein.

Berufliche Einordnung

Neigungen:
Unabhängigkeits- oder auch Gemeinschaftsgefühl; Selbstbehauptung, Auftreten in der Öffentlichkeit und das Bedürfnis, eine Rolle zu spielen.

Funktionen:
Kontakte pflegen, reden, zusammenfügen.

Objekte:
Pferde, Tiere, Holz, das Ausland und die Ferne.

Tätigkeit:
Verbinden, ordnen, herstellen, organisieren, Gesetze machen, vertreten, verbreiten, verteilen.

Orte:
Gestüte, Ställe, Sportplätze, Turnhallen, Stadion, Transportgesellschaften, Reiseagenturen, Botschaften, Gerichtshöfe, Ministerien, Kirchen und Kreise des Kultur- und Geisteslebens.

Möglichkeiten:
Jäger, Züchter, Pferdehändler, Reiter, Schreiner, Kunsttischler, Koch, Hotelier, Handelsreisender, Vertreter, Dolmetscher, Exporteur, Großhändler, Publizist, Meinungsforscher, Reporter, Forscher, Missionar, Gymnastiklehrer, Sozialfürsorger, Arzt, Chemiker, Ingenieur, Pädagoge, Advokat, Richter, Politiker, Geistlicher.

Das liebe Geld

Der Schütze mag es, wenn die Kasse stimmt

Die Einstellung des Schützen zum Geld hängt davon ab, welchem Typ er angehört.

Ist er innerlich gespalten, so kümmern ihn die geistigen Dinge mehr als die weltlichen Güter, zu denen er keine große Beziehung empfindet. Deshalb ist auch Geldverdienen nicht seine starke Seite. Er mag keine Geschäftsluft um sich und läßt sich nicht kaufen. Kurzum, er ist kein Geschäftsmann. Er begnügt sich mit wenig und ist zufrieden mit dem, was er besitzt.

Anders ist der jovische Schütze. Er ist vornehmlich auf Besitz eingestellt, er hält große Stücke auf gehobenen Lebensstandard und tut alles, um Reichtum zusammenzuraffen. Er will ein Vermögen besitzen und materiellen Komfort genießen. Sein Ideal ist ein gutbürgerliches Leben. Wenn ihm das Glück beisteht, so weiß er es zu nutzen: er empfängt Gäste, er geht aus, pflegt Beziehungen, er versteht sein Geschäft. Wo ein anderer scheitert, hat er Erfolg; auf finanziellem Gebiet liegt seine Stärke.

Es gibt unter den Schützen beider Gruppen solche, die leidenschaftlich Spiel und Spekulation verfallen sind. Abenteurer, besessen vom Dämon des gefährlichen Wagnisses. Im Zickzack verläuft ihr Leben. Sinnlose Glücksfälle lösen schwere Rückschläge ab.

Der Schütze-Chef ist nicht zu fassen

Wenn Sie eine Woche lang unter einem Schütze-Chef gearbeitet haben, werden Sie vielleicht etwas verwirrt sein. Sie wissen nicht, ob Sie lachen oder weinen sollen. Der Herr ist offensichtlich ein Trottel.

Oder ist er ein Genie? Nein, er ist keins von beiden – er ist einfach nur ein grober Flegel. Wenn man genauer hinschaut, so hat er jedoch etwas von einem Don Quichotte. Aber das kann nicht stimmen. Wo er Sie mit so sichtbarem Vergnügen beleidigt. Immerhin schmeichelt er Ihnen auch mit echter Herzlichkeit. Sehen Sie sich ihn an – so unbeholfen wie ein dreibeiniges Füllen. Nein, er ist doch anmutig wie ein Rennpferd. Benutzt er Trickspiegel?

Nach der zweiten Woche beschließen Sie zögernd, noch einige Zeit zu bleiben und abzuwarten. Inzwischen sind Sie fest davon überzeugt, daß seine Mutter ihn maßlos verwöhnt hat. (Falsch. Sie hatte gar keine Gelegenheit dazu. Sie tat, was er wollte.) Nun, ein anderer soll sich mit ihm herumärgern, nicht Sie. Sie werden bald wieder gehen. Sie wünschen ihr viel Vergnügen zu dem Burschen – seiner Frau nämlich. Sie tut Ihnen allmählich leid (sie vergießt manchmal ein paar Tränen des Selbstmitleids, aber sie führt ein aufregendes Leben). Sie sind überzeugt, daß er Sie insgeheim haßt. (Er ist begeistert von Ihnen. Nur brutal ehrlich, wenn Sie einen Fehler machen.) Sie glauben, er wird Ihnen einen besseren Posten geben. (Noch nicht. Er war etwas zu enthusiastisch gestern.) Er hat Sie für heute zum Mittagessen eingeladen. Jetzt werden Sie feststellen können, wie er wirklich ist. (Er hat abgesagt. Er hat vergessen, daß er bei dem ASPCA-Treffen reden muß.)

Zwei Monate später halten sowohl Sie als auch Ihr Psychiater die Zeit für gekommen, daß Sie einmal ernsthaft mit ihm sprechen. Sie fassen einen Entschluß. Wenn er sich Ihre Beschwerden über sein unberechenbares und rätselhaftes Verhalten anhört und Ihnen sagt, wie Sie bei ihm und in der Firma angeschrieben sind, bleiben Sie. Sonst kündigen Sie. Sie werden festbleiben. (Schade, er ist gerade nach London geflogen.) Gut, Sie können warten. Sie werden Ihre Karten aufdecken, wenn er zurückkommt, und ihm genau sagen, was Sie denken. Geben Sie ihm ein paar Tage, um Luft zu holen. Er sieht etwas müde aus. Aber davon werden Sie sich nicht beeindrucken lassen. Bis morgen sollte er wieder so weit sein, daß er sich vernünftige Vorhaltungen anhören kann. (Sie müßten schon den Flughafen anrufen. Er ist gerade auf dem Weg nach Tokio.) Wann wird er sich endlich lange genug niederlassen, damit Sie ihm sagen können, wie falsch er Sie behandelt?

Wollen Sie wirklich eine Antwort haben? Nun gut, niemals. Ihr Schütze-Chef ist immer unterwegs und wickelt ein großes Geschäft nach dem andern ab. Er hat ganz bestimmt keine Lust, seine Reisen zu unterbrechen, nur damit Sie ihm seine Fehler vorwerfen können. Er hält sich für einen ganz ordentlichen Kerl. Und er ist es auch, wenn Sie es recht überlegen. Manchmal ist er scheu und hilflos und braucht Ihr Verständnis.

Aber er stößt die Leute so oft vor den Kopf. Warum sollen Sie sich für ihn entschuldigen? Allmählich fallen einem keine Entschuldigungen mehr ein. Und es ist auch nicht anständig von ihm, immer so vergnügt zu lächeln und das, was Sie sagen, vollkommen zu ignorieren. Was sollen Sie tun? Irgend etwas müssen Sie tun.

Sie könnten versuchen, ihm einen Brief zu schreiben. Sie müssen logisch vorgehen, keine falschen Gefühle zeigen, und Sie dürfen nicht einseitig sein und ihn als Bösewicht und sich selbst als Gerechten darstellen. Er ist der Gerechte. Wenn Sie einen stichhaltigen Grund angeben, wird er sich die Sache überlegen, aber er will nicht sechs Stunden darüber reden. Außerdem wird er sich sowieso nicht ändern, wozu also seine wertvolle Zeit verschwenden? Hat er denn gar keine guten Seiten? O ja, die hat er. Halten Sie sich daran, und vergessen Sie das andere. Seine Mutter hat es getan. Seine Frau tut es. Seien Sie klug und machen Sie es ihnen nach.

Sie könnten damit anfangen, eine Liste seiner guten Eigenschaften aufzustellen. Gleich zu Beginn müssen Sie zugeben, daß er selten mürrisch ist. Nur hin und wieder, wenn jemand seine stürmische Begeisterung zu dämpfen versucht oder wenn der pedantische Buchhalter wissen will, was die Zahlen auf seinem Spesenbericht für den letzten Monat bedeuten. Normalerweise ist Ihr Schütze-Chef ein unbekümmerter, optimistischer, heiterer Bursche. Das ist ein Plus. Was noch? Er ist recht anständig, wenn es um Krankheit und Urlaub geht. Und er ist auch großzügig. Viele Chefs hätten kein Verständnis gehabt, als Sie um ein Monatsgehalt Vorschuß baten, weil Sie Ihr Geld beim Pferderennen verloren hatten. Er hat nur gemeint, daß Sie lieber ihn hätten fragen sollen, welches Pferd gewinnen würde.

Als Sie impulsiv Ihre Verlobung lösten und es hinterher tief bereuten, gab er Ihnen frei, damit Sie die Dinge wieder ins reine bringen konnten. Bevor Sie gingen, bemerkte er, daß Sie einer seiner ideenreichsten Angestellten seien, und die offensichtlich ehrlich gemeinte Bemerkung gab Ihnen neuen Mut, so daß die Liebesgeschichte am Abend wieder eingerenkt war.

Außerdem bewundern Sie auch, daß er eine Art Kreuzritter ist. Er kämpft hart für seine Überzeugung, und Sie arbeiten gern für einen solchen Mann.

Man kann schwer entscheiden, ob ein Schütze-Chef ein Heiliger oder ein Sünder ist. Wahrscheinlich hat er von beiden ein wenig. Dieser Mann ist so demokratisch eingestellt, daß man ihn einfach gern haben muß. Doch seine freimütige Art und seine brutale Offenheit sind schwer zu ertragen, besonders für empfindliche Naturen. Der Schütze-Vorgesetzte ist aufrichtig und freundlich, und es ist klar, daß er nicht der Mann ist, der etwas nachträgt oder jemanden absichtlich verletzt.

Er hat nur sehr wenige Hemmungen, besonders, wenn er Ihre Fehler kritisiert. Dann zeigt er nur ein Minimum an Takt. Selbst die sanften Schützen denken nicht an die Wunden, die sie schlagen, wenn sie mit tödlicher Genauigkeit vergnügt Ihre Fehler aufzeigen. Wenn sie auch häufiger Lob und Beifall spenden – solche quälenden Augenblicke können schrecklich sein. Der Schütze glaubt ehrlich, daß jeder die Wahrheit hören möchte. Also sagt er sie. Wenn er merkt, daß er jemanden verletzt hat, ist er voller Reue. Dann entschuldigt er sich umständlich und erklärt alles, wobei er es meistens noch schlimmer macht.

Sie werden selten wissen, wo sich Ihr Vorgesetzter gerade befindet. Er kann überall und nirgends sein. Sie werden feststellen, daß er eine große Begabung dafür hat, Schwindler zu ertappen. Betrügerische Vertreter, Kunden mit zweifelhaften Absichten und Angestellte mit geheimen Lastern durchschaut er sofort. In seinem Liebesleben ist er nicht so gescheit. Wenn er ledig ist, wird es im Büro viel über seine romantischen Abenteuer zu erzählen geben.

Er hat wahrscheinlich einen großen Freundeskreis, der sich aus Menschen aller Schattierungen und aller Gesellschaftsschichten zusammensetzt. Wenn Sie seinen Maßstäben gerecht werden, hält er treu zu Ihnen.

Er erteilt seine Anordnungen vielleicht in einer etwas herablassenden Art, aber er ist dabei so heiter, und seine Methoden sind meist so logisch, daß niemand beleidigt ist. Obwohl er taktlos und manchmal etwas töricht ist, hat er eine so starke Intuition und so glückliche Eingebungen, daß er sich aus jeder unangenehmen Situation herausmanövrieren kann. (Aus seinen Liebesabenteuern kann er sich nicht so leicht befreien.) Er ist ein viel tieferer Denker, als seine zwanglose Art vermuten läßt. Ein Schütze-Chef kann es mit jedem Anwalt aufnehmen und ist ihm oft überlegen. Wenn er ein typischer Jupiter-Vorgesetzter ist, hat er vermutlich eine gute Erziehung genossen, aber selbst wenn dem nicht so ist, werden Sie es nie bemerken, da er sich im Laufe seines Lebens viel Wissen angeeignet hat.

Er ist im Grunde gutherzig, aber er ist auch ehrgeizig genug, um hin und wieder jemandem auf die Füße zu treten. Sein Gedächtnis mag in gesellschaftlichen Dingen manchmal versagen, selten aber bei Tatsachen. Er geht mit weitausholenden Schritten, kann jedoch über den Papierkorb stolpern oder seine Zigarette auf den Büroklammern ausdrücken. Mögen jedoch seine Füße stolpern, sein Verstand wird es selten tun. Seine Ideen sind oft unpopulär, aber in neun von zehn Fällen zahlen sie sich aus.

Es gibt einige scheue Schütze-Chefs, aber auch ihre Persönlichkeit wird von Jupiter beherrscht. Die Extrovertierten reden viel und entwickeln dabei gern ihre Lieblingstheorien. Auch die Introvertierten können einen ganz guten Monolog hinlegen, wenn sie in der Stimmung sind, und was sie zu sagen haben, ist gewöhnlich interessant und lehrreich. Ihr Schütze-Chef liebt Tiere, strahlendes Licht, große Pläne, schöpferisches Denken, gutes Essen und Trinken, Reise, Treue, Abwechslung und Freiheit. Er verabscheut Unehrlichkeit, Grausamkeit, Selbstsüchtigkeit, Geiz, Pessimismus, Habgier, Heuchelei und Geheimnisse, die man ihm vorenthält. Es macht Spaß, für ihn zu arbeiten, und mit der Zeit wird er Ihnen immer lieber werden. Irgendwie haben Sie das Gefühl, daß er trotz seines Egoismus und seiner Unabhängigkeit verloren wäre, wenn Sie ihn verließen. Das ist zwar nicht der Fall, aber bleiben Sie trotzdem bei ihm. Die Zukunft wird zwar immer ein großes Fragezeichen sein, aber die Gegenwart ist niemals langweilig.

Der Schütze-Angestellte strotzt vor Selbstvertrauen

Die meisten Angestellten zeigen sich sehr interessiert, wenn man ihnen sagt, was sie im Laufe eines Jahres bei einer Firma verdienen und welche finanziellen Vorteile sie nach einer fünfjährigen Dienstzeit haben werden. Nicht so Ihr Schütze-Angestellter. Ihn interessiert es viel mehr, was Sie ihm jetzt zahlen – heute. Morgen ist weit entfernt, nächstes Jahr ist undenkbar, und fünf Jahre sind eine Ewigkeit. Das ist Spielgeld. Er interessiert sich für Bargeld. Was später geschieht, steht bei den Göttern. Er kann nur das Beste hoffen. Im allgemeinen lächeln die Götter auf ihn herab.

Es ist höchst erfreulich, einen Schützen im Büro zu haben. Er stößt vielleicht den Aktenschrank um oder verschüttet hin und wieder Kaffee auf die ausgehende Post, aber was ist ein wenig Ungeschicklichkeit gegen seine freundliche, hilfsbereite Art? Er jammert und klagt nicht. Er ist ein selbstsicherer Mensch, so begeistert und optimistisch, wie Sie selbst waren, als Sie damals in die Firma eintraten. Der Unterschied besteht darin, daß er so bleiben wird, auch nachdem er pensioniert ist. Vielleicht färbt etwas davon auf Sie ab, und Sie werden ein paar Ihrer verlorenen Illusionen wiederfinden.

Ein Schütze tut nichts halb. Das einzige, wozu er sich nur zögernd entschließt, ist die Ehe. In allen anderen

Dingen ist er ziemlich schnell. Natürlich gibt es Schützen mit Stier- oder Steinbock-Aszendenten, die sich vorsichtiger bewegen, aber geistig und seelisch sind auch sie bestimmt nicht träge.

Häufig ist der typische Schütze Ihnen weit voraus und denkt sich auch nichts dabei, Sie auf diesen Umstand fröhlich aufmerksam zu machen. Bescheidenheit gehört nicht zu seinen hervorstechenden Eigenschaften. Manchmal scheint es so, aber wenn Sie genau hinsehen, werden Sie einen Menschen mit Selbstvertrauen finden, der ganz und gar mit sich zufrieden ist. In der Liebe mag er manchmal etwas weniger selbstbewußt sein, aber wer ist das nicht?

Hin und wieder ist er vielleicht etwas nachlässig und sorglos, aber unterschätzen Sie deshalb seine plötzliche Intuition und seinen glänzenden Verstand nicht. Manchmal werden Sie nicht wissen, wo er hingeht oder wo er gewesen ist. Gelegentlich werden Sie sich fragen, ob er wirklich so schüchtern ist oder nur abwartet, bis er einen großen Plan, der ihm vorschwebt, verwirklichen kann. Und dann wieder wird es überhaupt keinen Zweifel geben. Er wird so kühn sein, daß Sie über seine Freimütigkeit erstaunt sind. Kleinlich ist er weder in Gesten und Ideen noch in Handlungen. Er macht riesengroße Fehler und gewinnt bei enormen Einsätzen.

Die Wißbegierde des Schützen fällt Ihnen vielleicht auf die Nerven. Er wird sich nie mit einfachen Instruktionen zufriedengeben. Er fragt immer nach dem Warum und Weshalb. Wenn Ihre Logik ihm einleuchtet, wird er Ihnen ehrlichen Beifall spenden. Wenn nicht, werden Sie bei seiner ebenso offenen Kritik vielleicht zusammenzukken. Das heißt, bevor Sie Ihre fünf Sinne zusammennehmen und wütend werden. Es mag eine notwendige Vorsicht sein, die fünf Sinne zusammenzunehmen, wenn man es mit einem Schützen zu tun hat, aber wütend zu werden ist nur Zeitverschwendung. Sehr wenige Menschen können einem Schützen auf die Dauer böse sein. Er gehört zu der Sorte Menschen, die Sie gleichzeitig schlagen und küssen möchten. Da das unmöglich ist (das erstere geht nicht, wenn es sich um Ihre Sekretärin handelt, und das zweite nicht, wenn es Ihr Verkaufsleiter ist), geben Sie es am besten auf.

Die meisten Schütze-Angestellten werden nicht erröten, wenn Sie sie loben. Sie lieben den Beifall. Vielleicht erröten *Sie* jedoch an ihrer Stelle, wenn sie beginnen, mit ihren Talenten und Fähigkeiten zu prahlen. Einer ihrer geringsten Fehler ist die fröhliche Bereitschaft, so gut wie alles zu versprechen – der Himmel ist wahrhaftig die Grenze – und es dann nicht ganz ausführen zu können, weil das Ziel zu weit gesteckt war. Das nächste Mal wird er sein Versprechen halten. Auch die ruhigeren, vorsichtigeren Schützen werden manchmal einen größeren Bissen nehmen, als sie verdauen können. Doch werden beide genug Erfolg haben, um Ihre Bewunderung zu erregen.

Es ist das Jupiter-Glück, das diesen Menschen hilft. Manchmal zeigt es sich für Ihren Schütze-Angestellten auch von der anderen Seite. Er verpatzt das größte Geschäft, das Ihrer Firma je geboten wurde. Am Tag, bevor Sie ihn hinauswerfen wollen, entdecken Sie, daß der Präsident der Firma, den er beleidigt und einen Schwindler genannt hat, gerade angeklagt wurde, weil er verwässerte Aktien verkauft hat. Der grobe Mißgriff dieses verdrehten Schützen hat Sie wahrscheinlich vor einer Katastrophe bewahrt. Oder Ihre Schütze-Sekretärin hat vergessen, die dringenden Briefe zur Post zu geben. Sie hat noch kaum die Tränen über Ihre grausame Beschimpfung getrocknet, da stellen Sie fest, daß einer der Briefe einen Scheck über eine höhere Summe enthält, als Ihre Firma in dieser Woche überhaupt auf der Bank hat.

Unehrlichkeit gehört nicht zu den Schwächen des Schützen und Takt auch nicht. Es kann sein, daß Sie in manchen Bürostreitigkeiten vermitteln müssen, weil Ihr Schütze-Angestellter in seiner unverhüllten Freimütigkeit Dinge geäußert hat, die seinen Mitarbeitern nicht gefallen.

Der Schütze-Angestellte überrascht Sie vielleicht mit gelegentlichen Temperamentsausbrüchen, die sich gegen alle, vom Liftboy bis zu Ihnen selbst, richten können (er hat keine Vorurteile). Seine heftige, gerechte Empörung wird besonders dann erregt, wenn jemand es wagt, die Lauterkeit seiner Absichten zu bezweifeln. Er ist die Aufrichtigkeit in Person, auch wenn er manchmal merkwürdige Wege geht, um die Wahrheit zu finden. Sein Ärger hält jedoch nie lange genug, um wirklich zu verletzen, und seine Pfeile hinterlassen selten Wunden. Es gibt nur kleine Risse in Ihrem Selbstgefühl.

Wenn Ihr Schütze-Angestellter mit einer Aktentasche ins Büro kommt, die mit bunten Hotelschildern beklebt ist, so gibt er Ihnen auf feine Art zu verstehen, daß ihm der Boden unter den Füßen zu heiß wird. Schicken Sie ihn auf eine Reise. Er wird mit vielen Aufträgen und einem leichteren Herzen zurückkommen. Er ist ein guter Verkäufer, aber Sie müssen ihm beibringen, seine vorschnelle Begeisterung etwas zu zügeln. Der Schütze kann vor lauter Eifer die Vorsicht vergessen. Aber so impulsiv er auch ist, wenn er seine Gedanken beisammen hat, kann er alle mit seinen vernünftigen, wenn auch ein wenig bestürzenden Ideen aus dem Felde schlagen. Geld ist ihm wichtig, denn er möchte gern auf großem Fuß leben. Selten ist er geizig, und wenn Sie es sind, wird er sich bald nach einer passenderen Stellung umsehen.

Karel Čapek

Tschintamanin und die Vögel

«Hm», sagte Doktor Vitásek, «wissen Sie, ich kenne mich schon ein wenig in Perserteppichen aus; aber das kann ich Ihnen schwarz auf weiß geben, daß sie nicht mehr so sind, wie sie früher waren. Heute machen sich diese Spitzbuben im Orient nicht mehr die Arbeit, die Wolle mit Koschenille, Indigo, Safran, Kamelharn, Galläpfeln oder sonstigen edlen organischen Stoffen zu färben. Auch die dafür verwendete Wolle ist nicht mehr von der Qualität, von den Mustern ganz zu schweigen, denn die sind zum Heulen. Ja, die Perserteppichknüpferei ist eine verlorengegangene Kunst. Deshalb haben auch nur die alten Stücke, und zwar die, die vor dem Jahr achtzehnhundertsiebzig geknüpft wurden, heute noch Wert; solche Teppiche kann man jedoch nur dann käuflich erwerben, wenn irgendeine alteingesessene Familie aus ‹familiären Gründen›, wie man in den sogenannten besseren Familien die Schulden nennt, die Antiquitäten vom Großvater verkauft. Ich habe unlängst auf Burg Rosenberg einen echten Siebenbürger Teppich gesehen – einen der kleineren Gebetsteppiche, wie sie von den Türken im siebzehnten Jahrhundert erzeugt wurden, als diese in Siebenbürgen Fuß gefaßt hatten; jetzt laufen Touristen mit genagelten Bergschuhen darauf herum, und keiner ahnt, wie wertvoll diese Dinge sind – nun ja, es ist zum Heulen. Wir selbst besitzen hier in Prag einen der seltensten Teppiche der Welt, und keiner ahnt es.

Das verhält sich nämlich so: Ich kenne mehr oder weniger alle Teppichhändler, die es bei uns gibt, und besuche sie so dann und wann, um zu sehen, was sie auf Lager haben; es kommt vor, daß einige dieser Geschäftsagenten in Anatolien oder in Persien doch noch ein altes Stück ergattern, gestohlen in einer Moschee oder sonstwo, und es mit der sonstigen Meterware einpacken; die ganze Sendung, gleichgültig, was sie enthält, wird nach Gewicht verkauft. Und ich denke mir, was, wenn zufällig ein Ladik oder Bergamo mit eingepackt worden wäre! Und deshalb laufe ich mal zu dem, mal zu jenem Teppichhändler, setze mich auf die Teppichballen, rauche meine Zigarette und beobachte, wie sie diesen Krähen ihre Buchara, Saruk und Täbris anbieten; und dann frage ich so nebenbei: ‹Was lugt denn da Gelbes hervor?› Und siehe da, es ist ein Hamadan. Und so kam ich zuweilen zu einer gewissen Frau Severýnová – sie hat so einen kleinen Trödlerladen in der Altstadt in einem Hinterhaus, und hier und da findet man bei ihr ganz hübsche Karamanien und Kelime. Sie ist eine rundliche, lustige Person, redet unaufhaltsam und besitzt einen Pudel, und zwar ein Weibchen, so dick, daß einem schlecht werden könnte. Diese fetten Hunde sind alle mürrisch, ihr Bellen klingt stets kurzatmig und gereizt; ich kann sie nicht ertragen. Sagen Sie, hat überhaupt schon einer von Ihnen einen jungen Pudel gesehen? Ich nicht; ich nehme an, daß alle Pudel ähnlich wie alle Inspektoren, Revisoren und Steuerverwalter alt sind, das gehört wahrscheinlich zur Rasse. Da ich das gute Einvernehmen mit Frau Severýnová aufrechterhalten wollte, setzte ich mich stets in die Ecke, in der die Hündin Amina auf einem großen zusammengelegten Teppich schnarchte und schnaufte, und streichelte ihr Fell; Amina liebte das sehr.

‹Frau Severýnová›, sagte ich einmal, ‹die Geschäfte gehen wohl schlecht; der Teppich, auf dem ich sitze, liegt schon an die drei Jahre hier.›

‹Der liegt noch länger da›, sagte Frau Severýnová, ‹der liegt schon an die zehn Jahre hier im Winkel; aber er gehört nicht mir.›

‹Aha›, sagte ich darauf, ‹der gehört wohl der Amina.›

‹Ach wo›, lächelte Frau Severýnová, ‹er gehört einer Dame; sie behauptet, zu Hause keinen Platz zu haben, und deshalb liegt er hier. Mich behindert er ja, aber wiederum hat meine Amina wo zu schlafen, gelt, Amina?›

Ich schlug das eine Ende des Teppichs zurück, ohne mich durch Aminas wütendes Gekläff aus der Ruhe bringen zu lassen. ‹Das ist irgendein altes Stück›, sagte ich, ‹dürfte ich ihn einmal näher sehen?›

‹Warum nicht›, meinte Frau Severýnová und nahm Amina auf den Arm. ‹Komm, Amina, der Herr sieht sich den Teppich nur an, und dann bekommt Amina ihr Plätzchen wieder. Pst, Amina, nicht so knurren! Aber geh, sei nicht so dumm!›

Während ich den Teppich auseinanderbreitete, schlug mir das Herz zum Zerspringen. Vor mir lag ein weißer Anatolier aus dem siebzehnten Jahrhundert, stellenweise schon abgetreten. Aber es war ein sogenannter ‹Vogelteppich› mit Tschintamaninmuster und den Vögeln; das ist nämlich ein geheiligtes, verbotenes Muster. Ich kann Ihnen verraten, eine enorme Seltenheit; und dieses Stück war mindestens von der Größe fünf mal sechs, in herrlichem Weiß mit Türkisblau und Kirschrot... Ich stellte mich so zum Fenster, daß Frau Severýnová mein Gesicht nicht sehen konnte, und sagte zu ihr: ‹Das ist ein schöner alter Lappen, Frau Severýnová, der wird vom vielen Liegen nicht besser. Wissen Sie was, sagen Sie dieser Dame, ich kaufe ihn, da sie keine Verwendung für ihn hat.›

‹Das wird sich schwer machen›, meinte Frau Severýnová, ‹den Teppich habe ich nicht zum Verkaufen hier, und die Eigentümerin hält sich in Meran oder Nizza auf; ich weiß gar nicht, wann sie zurückkommt. Aber ich kann mich erkundigen.›

‹Tun Sie es bitte›, sagte ich möglichst gleichgültig und verabschiedete mich. Ein rares Stück um ein Spottgeld zu erwerben ist für einen Sammler Ehrensache. Ich kenne einen mächtigen und wohlhabenden Mann, der Bücher sammelt; es ist ihm eine Kleinigkeit, für eine alte Scharteke einige Tausender auszugeben, aber gelingt es ihm, bei einem Trödler die Erstausgabe der Gedichte von Josef Krasoslav Chmelenský für zwei Kronen aufzutreiben, springt er vor Freude an die Decke. Das ist ein Sport, ähnlich wie die Jagd auf Gemsen. Ich habe mir in den Kopf gesetzt, diesen Teppich billig zu erwerben und ihn dann einem Museum zu schenken, denn so ein Stück hat allein dort seinen Platz. Nur eine kleine Tafel müßte darüber angebracht werden mit der Aufschrift: ‹Geschenk des Doktor Vitásek.› Ich bitte Sie, irgendwie ist ein jeder ehrgeizig, nicht? Aber ich gebe zu, mir schwirrte der Kopf.

Es kostete mich allerhand Überwindung, nicht gleich am folgenden Tag hinzulaufen, um diesen Teppich mit den Tschintamanin und den Vögeln zu besichtigen; ich konnte an nichts anderes mehr denken. Täglich sagte ich mir, noch einen Tag mußt du es aushalten; ich tat es mir selbst zum Trotz. Manchmal quält man sich selbst. Nach etwa vierzehn Tagen fiel mir ein, daß den Vogelteppich auch ein anderer entdecken könnte, und ich eilte zu Frau Severýnová. ‹Also, was ist los?› stieß ich schon an der Tür hervor.

‹Was soll los sein?› fragte die Frau erstaunt, und ich besann mich. ‹Ach›, sagte ich zu ihr, ‹ich habe hier in der

Nähe zu tun, und da fiel mir der alte Teppich ein. Verkauft ihn die Dame?›

Frau Severýnová schüttelte den Kopf. ‹Woher, die ist jetzt in Biarritz, und kein Mensch weiß, wann sie zurückkommt.› Und so überzeugte ich mich, ob der Teppich noch da sei; selbstverständlich lag Amina auf ihm, noch dicker und noch behäbiger als sonst, und wartete, daß ich sie kraulte.

Dann mußte ich eines Tages nach London reisen, und da ich nun mal dort war, ging ich zu Herrn Keith – Sir Douglas Keith ist heute die größte Kapazität für orientalische Teppiche.

‹Sir›, sagte ich zu ihm, ‹welchen Wert hat heute ein weißer Anatol mit Tschintamanin und Vögeln, in der Größe fünf mal sechs?›

Sir Douglas blickte mich über seine Brillengläser hinweg an und erwiderte fast wütend: ‹Keinen!›

‹Wieso keinen›, entgegnete ich bestürzt. ‹Wieso sollte er wertlos sein?›

‹Weil es in dieser Größe einen solchen Teppich nicht gibt›, schrie er mich förmlich an. ‹Mein Herr, das müßte Ihnen bekannt sein, daß der größte Teppich dieser Art, von dem man überhaupt weiß, kaum drei mal fünf Yard mißt!›

Ich errötete vor lauter Freude. ‹Nehmen wir an›, sagte ich, ‹daß wirklich ein Stück in dieser Größe existiert; welchen Wert würde es haben?›

‹Ich habe Ihnen doch bereits gesagt, keinen›, schrie Sir Douglas Keith. ‹Herr, dieses Stück wäre ein Unikat, und wie wollen Sie ein Unikat schätzen? Ein Unikat kann tausend oder zehntausend Pfund wert sein, wie soll ich das bestimmen? Übrigens gibt es so einen Teppich gar nicht, mein Herr. Ich empfehle mich.›

Sie können sich vorstellen, in welcher Verfassung ich

heimreiste. Großer Gott, ich mußte dieses Stück mit den Tschintamanin in meinen Besitz bekommen! Das wäre etwas für ein Museum! Und nun stellen Sie sich vor, ich durfte auf diesen Kauf nicht drängen, das macht kein Sammler. Frau Severýnová hatte kein besonderes Interesse an dem Verkauf des alten Lappens, auf dem ihre Amina sich breitmachte; und das alberne Frauenzimmer, dem dieser Teppich gehörte, fuhr von Meran nach Ostende und von Baden nach Vichy – das Weib mußte ein klinisches Wörterbuch zu Hause haben, da sie mit so vielen Krankheiten behaftet war; sie hielt sich ständig in irgendeinem Bad auf. Alle vierzehn Tage lang ging ich mal zu Frau Severýnová und beäugte den Teppich, ob alle Vögel noch darauf seien, kraulte dabei dieses widerliche Hundevieh, das vor Wollust quiekte, und damit das Ganze nicht auffiel, kaufte ich jedesmal einen Teppich. Ich kann Ihnen sagen, ich habe zu Hause bereits eine ganze Menge dieser Schiras, Schirvan, Mossul, Kabristan und andere solche Meterware – aber darunter war ein klassischer Derbent, Herr, so etwas sehen Sie so bald nicht wieder; und außerdem ein alter blauer Khorosan. Was ich aber diese zwei Jahre ausgestanden habe, kann kein Mensch ermessen. Was bedeuten schon Liebesqualen im Vergleich zu Sammlerqualen; dabei ist bemerkenswert, daß sich noch kein Sammler das Leben genommen hat, im Gegenteil, sie erreichen meist ein hohes Alter; wahrscheinlich ist das Sammeln eine gesunde Leidenschaft.

Eines Tages sagte mir plötzlich Frau Severýnová: ‹Die Besitzerin dieses Teppichs, Frau Zanelli, ist jetzt hier; ich habe sie wissen lassen, daß ich einen Käufer für den alten Ladenhüter hätte und daß er durch das lange Liegen bricht. Aber Frau Zanelli meint, es sei ein Erbstück und sie wolle ihn nicht verkaufen, er solle nur ruhig weiter liegen!›

Selbstverständlich suchte ich umgehend diese Frau Zanelli auf. Ich dachte, wer weiß was für eine mondäne Dame anzutreffen, statt dessen fand ich eine unansehnliche Alte vor, mit rötlichblauer Nase, einer Perücke und einem merkwürdigen Gesichtszucken, das die linke Seite ihres Mundes zum Ohr hinaufrutschen ließ.

‹Gnädigste›, sagte ich und starrte auf diesen Mund, der im Gesicht hin und her tanzte, ‹ich würde gern Ihren hellen Teppich kaufen; es ist zwar ein sehr schadhaftes Stück, aber er würde gerade in mein ... in mein Vorzimmer passen.› Und während ich auf ihre Antwort wartete, fühlte ich, daß auch mein Mund zu zucken anfing und auf die linke Seite hüpfte; ob dieser Tick ansteckend auf mich wirkte oder ob es die Aufregung war, weiß ich nicht, aber ich konnte das Zucken nicht unterdrücken.

‹Was erlauben Sie sich?› schrie mich das schreckliche Weibsbild mit durchdringender Stimme an. ‹Machen Sie, daß Sie weiterkommen, aber schnell, schnell›, kreischte sie. ‹Das ist ein Familienstück noch von meinem Großpapa! Wenn Sie nicht sofort verschwinden, rufe ich die Polizei! Ich verkaufe keine Teppiche, ich bin von Zanelli, mein Herr! Mary, der Herr soll gehen!›

Wie ein Schulbub bin ich die Treppe hinuntergerast; vor Wut und Leid hätte ich am liebsten geheult, was hätte ich aber tun sollen? Das Jahr hindurch besuchte ich Frau Severýnová; Amina hat inzwischen grunzen gelernt, ist noch fetter und fast kahl geworden. Nach einem Jahr kehrte Frau Zanelli zurück: Diesmal gab ich es auf und tat etwas, dessen sich ein Sammler eigentlich zu Tode schämen müßte: Ich schickte meinen Freund zu ihr, den Rechtsanwalt Bimbal, einen vornehmen Mann mit Schnurrbart, der bei allen Frauen unbedingtes Vertrauen erweckt, um dieser ehrenwerten Dame für ihren Vogelteppich einen vernünftigen Preis anzubieten. Ich wartete inzwischen unten, erregt wie ein Brautwerber, der auf

Antwort lauert. Nach drei Stunden wankte Bimbal schweißtriefend die Treppe herunter. ‹Du Halunke›, keuchte er, ‹ich bringe dich um! Wie komm' denn ich dazu, deinetwegen drei Stunden lang die Familiengeschichten der Zanellis anzuhören? Und damit du es weißt›, zischte er gehässig, ‹diesen Teppich kriegst du nicht; siebzehn Zanellis würden sich auf dem Olšaner Friedhof im Grabe umdrehen, wenn dieses Familienandenken in ein Museum käme! Jesus und Maria, da hast du mich schön hereingelegt!› Und damit ließ er mich stehen.

Sie wissen doch: Wenn man sich etwas in den Kopf setzt, läßt man nicht so rasch davon ab; und ist man noch dazu ein Sammler, begeht man sogar einen Mord; eigentlich ist das Sammeln eine heroische Tätigkeit. Und so habe ich mich entschlossen, den Teppich mit den Tschintamanin und den Vögeln einfach zu stehlen. Vorerst sah ich mir die Umgebung genauer an; der Laden der Frau Severýnová liegt im Hof, aber der Durchgang wird um neun Uhr abends geschlossen; und mit einem Nachschlüssel wollte ich das Tor nicht öffnen, weil ich es nicht zustande brächte. Von diesem Durchgang aus kommt man in einen Keller, wo man sich bis Torschluß verborgen halten könnte. Auf dem Hofe steht noch ein kleiner Schuppen; wenn man auf das Dach dieses Schuppens kletterte, könnte man von da auf den Hof des Nebenhauses gelangen, der zu einem Wirtshaus gehört, und aus einem Wirtshaus kommt man ohne weiteres heraus. Das schien einfach zu sein, aber es ging noch darum, wie das Fenster zum Laden aufzumachen war. Für diese Arbeit kaufte ich mir einen Diamanten und probierte das Glasschneiden an meinen eigenen Fensterscheiben.

Denken Sie nur ja nicht, daß Stehlen so einfach ist; es ist weit schwieriger als eine Prostata- oder eine Nierenoperation. Erstens ist es schwer, nicht gesehen zu werden, zweitens sind Warten und eine Menge andere Unbequemlichkeiten damit verbunden. Und drittens, diese Unsicherheit! Man weiß nie, wo man anstößt. Ich sage Ihnen, es ist ein schweres und schlechtbezahltes Handwerk. Wenn ich einen Einbrecher in meiner Wohnung vorfände, würde ich ihn bei der Hand nehmen und ihm sanft zureden: ‹Menschenskind, warum machen Sie sich solche Mühe; versuchen Sie doch, Ihre Mitmenschen auf eine Ihnen bequemere Art zu bestehlen!›

Ich weiß ja nicht, wie die anderen stehlen; aber meine Erfahrungen sind nicht die besten. An dem kritischen Abend stahl ich mich, wie man so sagt, in dieses Haus und versteckte mich auf der Treppe, die zum Keller führt. So würde es wahrscheinlich im Polizeibericht heißen; in Wirklichkeit sah es anders aus. Ich schlich eine halbe Stunde bei Regen vor dem Haustor herum, wobei ich mich jedem verdächtig machte. Schließlich faßte ich mir vor Verzweiflung Mut wie etwa vor dem Zahnziehen und ging in das Vorderhaus, natürlich stieß ich dabei mit einem Dienstmädchen zusammen, das aus dem Nebenhaus Bier holen wollte. Um sie zu beruhigen, flüsterte ich ihr zärtliche Worte zu, die sie so erschreckten, daß sie davoneilte. Inzwischen versteckte ich mich auf der Kellertreppe; die Schweinebande hatte dort Ascheimer und anderes Gerümpel stehen, das beim Anstoßen mit gehörigem Krach umfiel. Dann kam das Dienstmädchen mit dem Bier zurück und meldete dem Hausmeister erregt, daß sich im Hause irgendwo ein fremder **Mann** aufhalte. Dieser prächtige Mensch ließ sich jedoch nicht aus der Ruhe bringen und erklärte, das sei höchstwahrscheinlich so ein Saufbruder von nebenan gewesen, der sich verirrt habe. Eine Viertelstunde danach sperrte er gähnend und hustend das Tor, dann trat Stille ein. Nur ein lauter und einsamer Schluckauf eines Dienstmädchens tönte vom oberen Stockwerk herab – eigenartig, dieses gewaltige Schlucken solcher Mädchen, sollte es Heimweh sein? Mich fröstelte, und außerdem roch es säuerlich und nach Schimmel; ich tastete die Wände entlang, doch alles, was ich anfaßte, war feucht und schlüpfrig. Mein Gott, dort blieben ja die Fingerabdrücke des Doktor Vitásek zurück, unseres berühmten Arztes auf dem Gebiet der Urologie! Als ich annahm, es müsse Mitternacht sein, war es gerade zehn. Ich gedachte so um Mitternacht mit meinem Einbruch zu beginnen, aber um elf hielt ich es nicht mehr aus und machte mich ans Stehlen. Man kann sich gar nicht vorstellen, welchen Lärm ein Mensch macht, wenn er im Dunkeln dahinschleicht; das Haus jedoch lag in einem gesegneten Schlaf. Schließlich gelangte ich an das gewisse Fenster und fing an, das Glas mit schauderhaftem Geknirsch herauszuschneiden. Hinter dem Fenster war ein gedämpftes Kläffen hörbar, Jesus und Maria, das ist die Amina!

‹Amina, du Luder, wirst du ganz still sein; ich will dich doch kraulen.› – Sie können sich denken, wie schwer es ist, den Diamanten in der Dunkelheit dort anzusetzen, wo man aufgehört hat; so fuhr ich also mit dem Schneidewerkzeug auf dem Glas hin und her, bis ich schließlich etwas fester zudrückte und dabei die Scheibe klirrend zersprang. So, sagte ich mir, das gibt jetzt einen Menschenauflauf, und ich sah mich nach einem sicheren Versteck um; aber es rührte sich nichts. Dann drückte ich mit einer fast widernatürlichen Ruhe die zweite Scheibe ein und öffnete das Fenster; Amina bellte halblaut vor sich hin, um den Eindruck zu erwecken, daß sie ihre Pflicht erfülle. Ich kroch also durchs Fenster und schlich als erstes zu dem unausstehlichen Hundevieh. ‹Aminchen›, flüsterte ich inbrünstig, ‹wo hast du deinen Rücken? Siehst du, mein Goldstück, das Herrchen ist doch dein Freund –

das gefällt dir, du Luder, was?› Amina dehnte und streckte sich vor Wonne, das heißt, soweit sich so ein fettes Vieh noch strecken kann; und ich sagte im freundschaftlichsten Ton: ‹So, jetzt ist's genug, du Köter!› Und damit versuchte ich, den Teppich unter ihr hervorzuziehen. Vermutlich dachte sich Amina, jetzt geht es um deinen Besitz, und sie begann zu bellen; das war kein Bellen mehr, das war ein Klagegeheul. ‹Mein Gott, Amina›, redete ich ihr gut zu, ‹sei still, du Bist! Warte, ich bette dich weicher!› Und mit einem Ruck riß ich den häßlichen glänzenden Kirman von der Wand, den Frau Severýnová als ihr wertvollstes Stück betrachtete. ‹Schau, Amina, auf dem hier wirst du besser schlafen!› Amina beobachtete mich aufmerksam, sobald ich aber die Hand nach *ihrem* Teppich ausstreckte, begann sie mit dem Gejaule; mir schien, das müsse man bis nach Kobylisy[1] hören. Es blieb mir also nichts anderes übrig, als dieses Scheusal durch liebevolles Kraulen erneut in Ekstase zu versetzen; aber sowie ich die Hand nach dem weißen Unikat mit dem Tschintamanin und den Vögeln ausstreckte, röchelte Amina asthmatisch und begann zu kläffen. Völlig vernichtet, sagte ich: ‹Du Biest, ich bring dich um!›

Heute begreife ich es selbst nicht, mit dem wildesten Haß blickte ich auf dieses abscheuliche, fette, gemeine Hundevieh, aber ich war nicht imstande, es umzubringen. Ich besaß meinen Hosenriemen, auch ein scharfes Messer trug ich bei mir; ich hätte diesen Köter abstechen oder erdrosseln können, aber ich hatte nicht das Herz dazu. Ich saß neben ihm und kraulte ihn hinter den Ohren. ‹Du Feigling›, flüsterte ich mir zu, ‹ein oder zwei Bewegungen genügen, und es ist vollbracht; so viel Menschen hast du operiert und in Angst und Schmerzen sterben sehen;

---

[1] Vorort von Prag

warum solltest du den Hund nicht töten?› Ich knirschte mit den Zähnen, um mir Mut zu machen, aber ich brachte es nicht fertig; und da kamen mir die Tränen – ich glaube vor Scham. Amina begann zu winseln und leckte mein Gesicht.

‹Du erbärmliches, niederträchtiges Mistvieh›, brummte ich, tätschelte ihren kahlen Rücken und kroch durch das Fenster hinaus auf den Hof; das bedeutete eine Niederlage und einen Rückzug. Daraufhin wollte ich über das Dach des Schuppens den Nachbarhof erreichen und durch das Wirtshaus verschwinden, aber ich hatte nicht die mindeste Kraft, das Dach war höher, als es schien; kurzum, ich kam nicht hoch. So blieb nichts anderes übrig, als mich auf der Kellertreppe zu verbergen und bis zum Morgen, halbtot vor Müdigkeit, zu warten. Ich Trottel hätte ja geradesogut auf den Teppichen schlafen können, aber das fiel mir nicht ein. Am Morgen vernahm ich den Hausmeister, wie er das Tor öffnete. Ich wartete noch eine Weile und steuerte dann hinaus. Im Tor stand dieser Hausmeister, und als er den Fremden herauskommen sah, war er so verblüfft, daß er vergaß, Lärm zu schlagen.

Danach besuchte ich einmal Frau Severýnová. An den Fenstern waren Gitter angebracht, und auf dem geheiligten Teppich wälzte sich mit größter Selbstverständlichkeit diese Kröte von einem Hund; als Amina mich gewahrte, wedelte sie freudig mit dem gewissen Etwas, das bei normalen Hunden Schwanz genannt wird. ‹Herr›, strahlte mich Frau Severýnová an, ‹das ist unsere goldige Amina, unser Schatz, unser treuer Hund; wissen Sie, daß bei uns erst unlängst eingebrochen wurde und Amina den Dieb vertrieben hat? Ich würde das Tier um nichts auf der Welt hergeben, Herr›, sagte sie voll Stolz. ‹Aber Sie hat Amina gern; die kann genau einen ehrlichen von einem unehrlichen Menschen unterscheiden, gelt, Amina?›

Und das ist die Geschichte. Dieses Unikat von einem Vogelteppich liegt noch heute dort – es ist bestimmt eine der seltensten Tapisserien auf diesem Erdball; und noch heute liegt diese häßliche, räudige und stinkende Amina darauf. Ich nehme fest an, daß sie eines Tages am eigenen Fett erstickt, dann versuche ich es vielleicht noch einmal: Aber vorher will ich genau erlernen, wie man Gitter durchfeilt.»

Quellennachweis

An dieser Stelle danken wir den nachstehenden Rechtsinhabern, die uns freundlicherweise den Nachdruck folgender Beiträge gestatteten: Scherz Verlag, Bern und München: *André Barbault · Edle Liebe, Nur keine eintönige Arbeit!* und *Das liebe Geld* (aus: «Charakter und Schicksal des Menschen im Tierkreis»), *Carole Golder · Traumpartner der Liebe* (aus: «Die Kunst, ein Sternzeichen zu verführen»), *Linda Goodman · Sein Geheimnis in der Liebe* (aus: «Sternzeichen der Liebe»), *Der Schütze-Chef ist nicht zu fassen* und *Der Schütze-Angestellte strotzt vor Selbstvertrauen* (aus: «Astrologie – sonnenklar»), *Liz Green · Erforscher des Lebens* und *Die dunklen Seiten* (aus: «Sag mir dein Sternzeichen, und ich sage dir, wie du liebst»), *Carola Martine · Sinnlichkeit im Zeichen des Schützen* und *So fängt man's an* (aus: «Die Sinnlichkeit der Sternzeichen») und *Joseph Polansky · Kleines Psychogramm* (aus: «Glückszeichen der Sterne»); den Erben von Elisabeth Schnack: *Frank O'Connor · Seine Braut*.

In jenen Fällen, in denen es nicht möglich war, den Rechtsinhaber resp. Rechtsnachfolger zu eruieren, konnte ausnahmsweise keine Nachdruckerlaubnis eingeholt werden. Honoraransprüche der Autoren oder ihrer Erben bleiben gewahrt.